9 95

# Y EN AVAIT
# DANS LES PÂTES

# DU MÊME AUTEUR

## Dans la même collection :

Ma langue au Chah.
Ça mange pas de pain.
N'en jetez plus !
Moi, vous me connaissez ?
Emballage cadeau.
Appelez-moi, chérie.
T'es beau, tu sais !
Ça ne s'invente pas.
J'ai essayé : on peut !
Un os dans la noce.
Les prédictions de Nostrabérus.
Mets ton doigt où j'ai mon doigt.
Si, signore.
Maman, les petits bateaux.
La vie privée de Walter Klozett.
Dis bonjour à la dame.
Certaines l'aiment chauve.
Concerto pour porte-jarretelles.
Sucette boulevard.
Remets ton slip, gondolier.
Chérie, passe-moi tes microbes !
Une banane dans l'oreille.
Hue, dada !
Vol au-dessus d'un lit de cocu.
Si ma tante en avait.
Fais-moi des choses.
Viens avec ton cierge.
Mon culte sur la commode.
Tire-m'en deux, c'est pour offrir.
A prendre ou à lécher.
Baise-ball à La Baule.
Meurs pas, on a du monde.
Tarte à la crème story.
On liquide et on s'en va.
Champagne pour tout le monde !
Réglez-lui son compte !
La pute enchantée.
Bouge ton pied que je voie la mer.
L'année de la moule.
Du bois dont on fait les pipes.
Va donc m'attendre chez Plumeau.
Morpions Circus.

Remouille-moi la compresse.
Si maman me voyait !
Des gonzesses comme s'il en pleuvait.
Les deux oreilles et la queue.
Pleins feux sur le tutu.
Laissez pousser les asperges.
Poison d'Avril, ou la vie sexuelle de Lili Pute.
Bacchanale chez la mère Tatzi.
Dégustez, gourmandes !
Plein les moustaches.
Après vous s'il en reste, Monsieur le Président.
Chauds, les lapins !
Alice au pays des merguez.
Fais pas dans le porno...
La fête des paires.
Le casse de l'oncle Tom.
Bons baisers où tu sais.
Le trouillomètre à zéro.
Circulez ! Y a rien à voir.
Galantine de volaille pour dames frivoles.
Les morues se dessalent.
Ça baigne dans le béton.
Baisse la pression, tu me les gonfles !
Renifle, c'est de la vraie.
Le cri du morpion.
Papa, achète-moi une pute.
Ma cavale au Canada.
Valsez, pouffiasses.
Tarte aux poils sur commande.
Cocottes-minute.
Princesse Patte-en-l'air.
Au bal des rombières.
Buffalo Bide.
Bosphore et fais reluire.
Les cochons sont lâchés.
Le hareng perd ses plumes.
Têtes et sacs de nœuds.
Le silence des homards.

# SAN-ANTONIO

(Frédéric Dard)

# Y EN AVAIT
# DANS LES PÂTES

ROMAN EXTRÊMEMENT POLICIER

**Fleuve Noir**

*Au génial Philippe Geluck qui nous prouve que l'homme est un chat pour l'homme.*
*Son ami,*

San-Antonio

Il est facile de pleurer avec un con.
Mais rire avec lui est impossible.

San-A.

# AVANT-PROPOS

## TOUT À FAIT HORS DE PROPOS

*Un individu qui naît à la mort s'appelle un cadavre et n'a absolument plus rien de commun avec l'être vivant qu'il a été. Il a beau conserver ses traits, pendant un certain temps du moins, il est devenu « autre chose »; plus exactement, il a cessé d'être « quelqu'un » pour devenir « quelque chose ». Il ne lui reste plus qu'un volume et un poids, c'est-à-dire les deux éléments les plus sots du monde quand la vie ne les anime plus !*

Pach hésita, puis il inscrivit la date du jour au bas de cette note et revissa le capuchon de son très vieux stylo à pompe. Le bec fendu de la plume or s'était disjoint à l'usage, aussi Pach écrivait-il tantôt avec un coin du bec, tantôt avec l'autre, comme un skieur faisant la godille.

Il recula son siège de la commode-bureau, style Louis XIII, dont la partie supérieure était surchargée de cahiers d'écolier qu'il avait lui-même remplis de son écriture ancienne, penchée et pointue, marquée de pleins et de déliés.

Il croisa les jambes et contempla le corps de la femme étendue sur la moquette. Elle avait un oreiller sous la tête, et ses cuisses dénudées, largement ouvertes, laissaient voir le revolver engagé dans son sexe, revolver avec lequel on lui avait tiré six balles dans les entrailles.

Pach se demanda de quelle manière il allait faire disparaître le cadavre. Cette question-là ne lui venait jamais « avant ». Il se comportait comme si « rien de spécial » ne devait se passer. C'était seulement « après » qu'il se trouvait aux prises avec l'angoissante question.

Jusqu'alors, il avait toujours solutionné le problème de façon astucieuse.

Il avait confiance en lui et en son étoile.

# CHAPITRE PREMIER

## SÛR DE LUI ET DOMINATEUR

Il a l'air dérouté d'un violeur qui banderait mou. Des boutons à tête blanche plein la gueule. Une qui souhaiterait malgré tout l'embrasser (sa vieille moman par exemple) aurait du mal à déterminer un emplacement disponible, tellement que ça bubonne sur sa frime ! Quel âge peut-il avoir ? La trentaine ? Il a un côté branleur ou toucheur de petites filles, ce qui n'incompate pas. Il porte une veste à gros carreaux, un peu clownesque car elle est trop ample pour lui, un pantalon de coutil beige, des baskets, une chemise en jean bleu délavé. Il a un diamant à l'oreille qui a l'air d'être un bouton de plus, mûr jusqu'à étinceler.

Il se tient tassé sur la chaise des « clients », face au burlingue de Bérurier sur lequel traînent des canettes de bière vides, des peaux de sauciflard, des croûtons de pain, des noyaux d'olives, des couvercles de boîtes à camembert, des coquilles d'œufs, un restant de rillettes, des coques de cacahuètes, un talon de soulier, des boîtes de sardines, une culotte de femme, d'occasion, un revolver à barillet (acheté à Grédy), et les œuvres complètes d'Anatole France plus ou moins enduites de moutarde Amora extraforte.

Le Gros a pris ses distances par rapport à son burlingue et garde les mains croisées sur son durillon de comptoir. Son chapeau rejeté en arrière découvre le

front taurin où est collée une mèche courte et clair-
semée.

En me voyant, il murmure à son terlocuteur :

— Hé, mec, t'es une v'dette : le direqueteur qui
s' dérange personnell'ment en personne !

Le boutonneux me coule un regard de rat malade
bloqué dans une nasse perfide. Il a une courbette
indécise qui peut passer pour un salut.

J'y réponds d'un hochement de tête et vais m'asseoir
sur le canapé de cuir ravagé où Bérurier-le-Grand a tiré
tant et tant de coups que du foutre séché subsiste dans
les accrocs. Du geste, j'indique à Sa Majesté de
poursuivre son interrogatoire.

Le Mastard se lève, pète sec, ce qui est rarissime chez
ce dodu. Tu sais, la louise péremptoire, qui n'admet
aucune objection.

Il me dit, désignant le scrofuleux :

— J'te remercille d'viendre. C' gonzier, c't'un cas
dont j'voudrerais ton avis à propos duquel.

Il est passé derrière son client et lui allonge une
tatouille sur la nuque.

Il s'en excuse :

— Habituell'ment d'ordinaire, j'aime pas cogner su'
la nucle, mais comment voudrais-tu-t-il mett' des baffes
dans une pareille tarte aux fraises ! T'as la ch'touille ou
quoi, mon gars, pour charrier une frite commak ? C'est
pas normal, à ton âge. Ou alors tu serais encore
puceau ?

L'interpellé hoche misérablement sa tête ravagée.

Béru me prend à témoin :

— Pour l'interroger sérieus'ment, j'vais mett' des
gants : j'ai pas envie d'm' furonculer ! Ou alors,
j'l'travaille à la savate ; mais ça m'oblige à l'ver les
quilles !

Il est perplexe.

Le gars à la bouille daubée n'en mène pas large.

— Tu connais l'histoire d' c'môssieur? demande le Gravos.

— Pas encore.

— Il est dillinger.

Là je renâcle des méninges.

— Dillinger, l'ancien ennemi public américain?

— Non, lui y vend d'la drogue.

— Tu veux dire « *dealer* »?

Il renfrogne.

— J'veux dire c'qu'j'veuille dire. Et sais-tu à qui est-ce qu'il la fourgue, sa came, c'crapaud pourri? Aux mômes des lycées!

Une vague de répulsion me submerge. Je comprends qu'on ait envie de massacrer ces empoisonneurs de la jeunesse.

Je suis décidé à marquer mes nouvelles fonctions de directeur de la Police (1) en renforçant la lutte contre les trafiquants. Rien de plus abject que de s'en prendre à ces petits « clients » sans défense et de les pousser sur la pente fatale.

— Pas vrai? insiste Béru à l'oreille du très vilain.

Il a hurlé comme la corne de brume d'un navire et ponctué d'un coup de genou contre la cuisse du gars.

— Exact! laisse tomber piteusement ce dernier.

J'interviens :

— Comment se fait-il que tu t'occupes de cette affaire, Alexandre-Benoît, tu n'appartiens pas à la brigade des Stups, que je sache?

Il hausse les épaules.

— J'm'en occupe parce que l'histoire de ce foie-

_____

(1) Lire coûte que coûte (mais ça ne coûte pas cher) *Le silence des homards*, œuvre prodigieuse dans laquelle tu apprendras pourquoi et comment San-A. accède à ce poste suprême, bien qu'il n'en ait guère envie.

San-A.

blanc se complique, chef-lieu Ajaccio (1). C'est mes
collègues de la *neige* qu'a fait t'appel à moive. Ils
filochaient c' t'enfoiré d'puis un bout d'temps. C'morninge, ils l'ont serré à promiscuité du lycée André
Sarda. Ce taré s'déplaçait en voiture : une vieille tire
ricaine déglinguée. Quand y z'ont z'ouvert l'coffiot,
t'sais ce dont ils ont découverte à l'intérieur ? Une
femme morte ! Et t'sais d'quelle manière elle avait été
butée, la pauvrette ? On y avait balancé un chargeur de
9 mm dans la chatte ! Du 9, t'entends ? L'calibre de
l'homme impitoyable.

— Ce n'est pas moi ! s'écrie le *dealer*.

Béru qui est en train de fouiller les innommables
tiroirs de son burlingue pousse un cri de triomphe.

— Les v'là. J'savais qu'j'en avais !

Il brandit une paire de gants de caoutchouc vert sortis
on ne devine d'où ! C'est un des nombreux mystères de
la vie secrète d'Alexandre-Benoît Bérurier.

Il les passe avec application, fait jouer ses doigts
gainés d'hévéa et vient s'asseoir sur son bureau, face au
prévenu (qui, donc, en vaut deux, étant prévenu).

— Paré pour la manœuvre ! J'vas pouvoir t'questionner sans gerber, ce qui facilitera la converse.

Comme preuve de ce qu'il avance, il tire un rampon-
neau auvergnat à la pommette du quidam.

— Tu vois, ça fonctionne impec. Tu disais donc
qu'c'est pas toive qu'a défouraillé dans la chattoune
d'cette souris ?

— Jamais de la vie ! Je ne la connais pas et ne l'ai
jamais vue !

— C'est comment, ton blaze, déjà ?

— Joël Larmiche.

---

(1) Pour apprécier le jeu de mots il faut savoir que, d'ordinaire, au
lieu de dire « parce qu'elle se complique », Béru dit « parce qu'elle se
corse ».

— Mouais, ben mon vieux Larmiche, faut que j'vais te dire quéqu'chose. Y a trois trucs que j'admets pas chez toi : tes boutons sur la gueule, qu'tu vendes de la came aux enfants, et qu'tu m' mentes. Ça surtout : qu'tu m' mentes !

Là, il ponctue d'un doublé à la face. Plusieurs boutons explosent sous l'impact. Le dénommé Larmiche dodeline et finit par reprendre son assise.

— Béru, coupé-je, sois gentil : amène-moi cet homme dans mon bureau.

— Mais pourquoice ? s'inquiète l'Obèse, soudain désorienté.

Je sors sans répondre. Un chef, moins il en casse, plus il est écouté !

« Tarte aux fraises (des bois) » est maintenant assis en face de moi dans mon vaste bureau directorial. J'en ai fait changer le mobilier ; pàs avoir le sentiment de chausser les pompes d'un mort. Le bureau solennel d'Achille, avec son sous-main (acheté en sous-main) en cuir de Cordoba, son fauteuil-trône, ses tableaux en provenance du « Grenier national » et qui représentaient des scènes folâtres telles que *L'enlèvement de Proserpine par Pluton* (Bérurier, ayant lu son titre gravé sur plaquette de cuivre, le relayait par : « L'enlèvement de plusieurs pines par pelotons ») ou *Le Serment des Trois Horaces* qui devenait pour lui « Le serpent des trois voraces », ce bureau solennel, dis-je, je l'ai humanisé en remplaçant le meuble-catafalque par un burlingue classique, acier et cuir, le fauteuil pompeux par un autre, pivotant, et les tableaux pour musée de sous-préfecture par des reproductions de Magritte. Je n'ai pas touché à l'imposante bibliothèque en acajou, aux portes supérieures grillagées (car elle est pleine de livres techniques), non plus qu'au canapé profond comme le tombeau de Napoléon parce qu'il est vach'te-

ment pratique pour accueillir des « visiteuses », comme
le Dabe le faisait. De même, j'ai conservé le cabinet de
toilette attenant, avec son bidet à jet rotatif autoré-
glable par le diaphragme de la chatte, sa grande
coiffeuse marmoréenne et son tiroir bourré de peignes,
de fards, de crèmes de beauté, de tubes de vaseline
parfumée à l'oignon.

J'ai fait ouvrir les volets en grand, chose que refusait
Chilou, toujours avide de pénombres propices ; par
contre, j'ai exigé qu'on pose des doubles rideaux en
chintz représentant des grappes de raisin violettes
entremêlées de pampre vert, le tout sur fond blanc.

Un long silence s'étale entre « Tarte aux fraises (des
bois) » et moi. Je dresse mentalement le portrait
« moral » du gus. Curieux comme ma façon d'être se
modifie à toute allure depuis que j'occupe ces nouvelles
(et hautes) fonctions. Moi, toujours si prompt, si
fougueux, voilà qu'un grand calme m'investit. Tout ce
que je fais, dis ou pense procède désormais d'une
réflexion préalable (Béru dit prélavable), comme si
j'avais le souci constant de n'avancer qu'à coup sûr et
de sonder les individus avant de m'entretenir avec eux.

Je finis par lui demander :

— C'est de l'eczéma que vous avez sur la figure ?
Surpris, il acquiesce.

— Vous avez essayé de traiter ça ? poursuis-je.
Haussement d'épaules de mon vis-à-vis.

— Y a rien à faire, soupire-t-il.

— Il ne faut jamais s'avouer vaincu. Je pense que
vous faites un lupus érythémateux discoïde et je vous
conseille vivement des applications quotidiennes de
Dermovate Crème Glaxo, qui est un produit britanni-
que très efficace.

Abasourdi, Larmiche ouvre des yeux grands comme
les vitraux de Notre-Dame et tout aussi gothiques.

— Merci, balbutie-t-il.

— Voulez-vous que je vous le note ? proposé-je.

— Mais... volontiers.

Je griffonne ma prescription sur une petite feuille de bloc et la lui tends.

Machinalement, il murmure :

— Merci, docteur.

Je pirouette légèrement dans mon fauteuil. Comme il est neuf, il ne grince pas.

Saisi d'une idée subite, je presse à trois reprises un timbre logé sous mon bureau.

— Ce serait dommage que vous restiez dans cet état, dis-je, car débarrassé de cette saloperie, vous ne devez pas être vilain garçon. Marié ?

— Non.

— Homo ?

Il ne répond pas directement mais hausse les épaules.

On sonne à ma lourde. Je débloque le système d'ouverture et Violette surgit, impeccable, dans un tailleur Escada élégant et joyeux.

D'une œillée, je lui désigne le canapé et elle va s'y asseoir sans piper (ce qui n'est pas son style) mot.

— Monsieur Larmiche, reprends-je, vous avouez être *dealer* et, cependant, vous ne paraissez pas vous camer ?

— La drogue me fait horreur, déclare-t-il.

— En ce cas, pourquoi en vendez-vous ?

Nouveau haussement d'épaules. Il hésite à répondre, mais je dois lui paraître apte à le comprendre puisqu'il se décide :

— Par esprit de vengeance, je pense. Le seul être au monde que j'aie vraiment aimé est mort d'une overdose.

— Donc, vous faites payer sa mort à la société ?

— Quelque chose comme ça, convient-il.

— En approvisionnant en came des lycéens ?

Il soutient mon regard un moment, mais finit par détourner le sien.

— Je sais ce que vous pensez, monsieur le directeur. Je suis un être abominable. Mais je me fous de tout ! J'ai franchi le point de non-retour. La société dont vous parlez peut bien crever, le monde voler en éclats, ça me laisse indifférent.

— Tout cela à cause d'un chagrin ?

— Oh ! je n'avais déjà pas grande confiance en la vie, mais la perte de mon ami m'a plongé dans la nuit. Cela dit, ne comptez pas que je vous balance mon fournisseur : il y a des règles qu'on ne peut transgresser, même quand on est aussi désabusé que je le suis.

— Je ne vous demanderai rien de tel.

Là encore je marque un point en le surprenant. C'est dérangeant, un flic qui ne se comporte pas selon la tradition établie.

— Moi, ce qui m'intéresse, monsieur Larmiche, c'est cette bonne femme morte qui se trouvait dans le coffre de votre voiture.

Alors « Tarte aux fraises (des bois) » se lève et vient poser ses deux mains à plat sur mon burlingue. Il se penche dans ma direction.

— Écoutez, monsieur, déclare-t-il, j'ai l'impression que vous pourrez me croire car vous êtes un homme, je présume, qui ne se laisse pas abuser par les évidences. Je vous jure, sur la mémoire de mon ami disparu, que je n'ai jamais vu cette femme, que donc je ne l'ai pas trucidée et encore moins placée dans le coffre de mon auto.

— Vous êtes-vous mis dans une situation qui expliquerait qu'on exerce sur vous des représailles ?

— Non. Je suis un *dealer* réglo, qui paie recta la marchandise qu'il écoule. Un bon petit fonctionnaire des stups, si vous voyez. J'assume le secteur qui m'a été

dévolu, sans chercher à l'élargir. Je gagne ma petite vie
sans faire d'esbroufe ; je n'ai pas de gros besoins.

Il retourne s'asseoir.

— Où demeurez-vous ?

— 14, rue du Poteau-Rose, dans le dix-huitième.

— Seul ?

— Chez maman, qui est presque impotente.

— Elle est étroite, cette rue du Poteau-Rose ; où
remisez-vous votre grosse bagnole américaine ?

— Je loue un emplacement dans la cour d'un vieux
sculpteur.

— Son adresse ?

— Je n'en sais trop rien, mais c'est dans une impasse
au bout de ma rue.

J'acquiesce et me rends au cabinet de toilette men-
tionné plus avant ; au passage, je fais signe à Violette de
m'accompagner. On s'enferme dans cet endroit faïen-
ceux. Violette, si tu as lu le génial *Silence des homards,*
tu le sais, a trouvé les arguments m'ayant conduit à
accepter ma promo. J'ai une profonde estime pour
cette fille aux sens survoltés, mais dont le courage et la
jugeote m'impressionnent. J'en ai fait ma conseillère
privée, c'est mon Jacques Attali à moi.

— Un meurtrier, ce type ? lui demandé-je.

— Sûrement pas, répond-elle catégoriquement.

— C'est également mon sentiment. O.K., merci.

Je retourne à ma place. Larmiche n'a pas bougé de la
sienne. Il regarde le ciel d'automne à travers les
rideaux. On voit tourbillonner des feuilles mortes. Un
pigeon s'est posé sur la barre d'appui et essaie de mater
dans le bureau, l'indiscret. Peut-être est-ce un espion
de la C.I.A. ?

— Il y a combien de temps que vous n'aviez ouvert la
malle de votre voiture avant que les policiers n'y
découvrent ce corps, monsieur Larmiche ?

Il réfléchit.

— Alors là, pour vous répondre... Assez longtemps, en tout cas. Il y a huit jours, je suis allé chercher les draps et le linge de maison chez notre blanchisseur.

— Vous « prospectez » beaucoup d'établissements scolaires ?

— Une dizaine.

— Soyez gentil, dressez-m'en la liste.

Je pousse dans sa direction papier et crayon. Il entreprend de me donner satisfaction sans barguigner.

Violette revient ; elle s'est recoiffée et a rechargé ses lèvres. Elle en profite pour me sourire. Je décide de la tirer sur le canapé sitôt que nous serons seuls ; c'est une môme bourrée d'inventions amoureuses qui font de toi un homme en vie. Chacun de ses gestes te court-circuite les glandes. Tu biches un goumi féroce à son premier attouchement. Question d'ondes, je crois. D'effluves églement. Les vraies rousses, c'est comme ça. Un peu limite, mais ça porte !

— Voilà, monsieur le directeur.

« Tarte aux fraises (des bois) » me rend sa copie. Il a une écriture ample et ronde, très lisible.

— Merci, fais-je. Eh bien, vous pouvez rentrer chez vous.

Ça dépasse tout. Son cervelet titube.

— Vous plaisantez, je pense ? me demande-t-il avec presque du reproche dans l'inflexion.

— Vous savez parfaitement que non. Reprenez vos occupations comme si de rien n'était. On va vous rendre votre bagnole.

Je lui tends la main.

— Si quelque chose d'anormal, voire simplement de troublant se produisait dans votre vie, je vous serais reconnaissant de m'en informer immédiatement. Voici mon fil privé.

Il me serre la pogne et enfouille ma carte de visite.

— Inutile de mentionner cet incident à vos

« employeurs », il les troublerait pour rien, ajouté-je. Cela dit, monsieur Larmiche, vous devriez essayer de changer d'activité un jour. Pensez à votre maman qui a tant besoin de vous !

# CHAPITRE DEUX

## QUI NE MANGE PAS DE PAIN

Elle avait ses ragnagnas, Violette, alors j'ai laissé quimper ma propose de baise, comme tu t'en gaffes. Elle voulait me compenser la déconvenue à l'esquimau Gervais, mais j'ai décliné. Je suis un être de grande délicatesse et Félicie me raconte qu'étant bambin, je préférais refuser une tartelette, dont cependant je raffolais, si je devais la manger à la main, tant j'avais horreur de me souiller les doigts.

Peu *after* le départ de Joël Larmiche, le Mastodonte entre dans mon burlingue comme un taureau déboule du toril. Il écume, éructe, pète et rote en même temps et va jusqu'à tordre son chapeau, ce qui est, chez cet homme soigneux, le signe d'un courroux extravagant.

— Qu'est-ce j'apprends-t-il ! T'as r'lâché le dillinger assassin ? Non mais t'as les méninges sur coussin d'air ou quoi ? Tu fabriques trop d'albumine ? Tes cellules poissent, mec ! Y a du cambouis dans l'réservevoir d'ton essuie-glace à gamberge !

Tu sais qu'il pleure ?

De rage mais pour de bon !

De belles larmes couleur d'eau de vaisselle, épaisses comme du suif fondu. Elles jaillissent de ses beaux yeux couleur rubis. Dans sa folie furieuse, il porte son chapeau à sa bouche, mord dedans, arrache un morceau de feutre qu'il se met à mâcher comme un sandouiche et qu'il avale après très peu de mastication.

— Un gonzier qu'j'avais à ma pogne. Une lope qu'aurait affalé à la douze ou quinzième torgnole ! J'y f'sais avaler cinq-six dents, j'y arrachais deux-trois narines, deux-trois oreilles, une poignée d'ch'veux et ça f'sait la rue Michel ! La Came avouait son crime plus tous ceux dont on n'est pas encore au courant.

« Et l'nouveau môssieur l'direqueteur qui lu file sa bénédiction turbine et orbite et l'renvoye jouer au père Noël dans sa neige fraîche ! Mais bordel à cul d' sa sœur, ton poste, tu vas pas l'garder jusqu'à jeudi si tu joues des tours pareils, Tronche de paf ! »

Au lieu d'essayer d'endiguer l'ouragan, je feins de le prendre pour un zéphir et décroche mon binoche intérieur afin de sonner Mathias.

Depuis que je suis promu, le Rouquinos a cessé de me tutoyer et me flanque du « Monsieur le Directeur » gros comme un baobab géant (genre ceux dans le tronc desquels on perce un tunnel pour faire passer les autobus).

Je m'annonce et, avant qu'il ne parte dans des obséquiosités, je dis simplement :

— Tu veux descendre, Xavier ?

Bérurier, à court de souffle, le sang épaissi par la colère, décélère progressivement. Sa fureur court sur son erre. Tout ce qu'il répète, c'est :

— Ah ! où qu'il est, l'Achille, vérole à cul d'sa mère ! Ça, moui, c'tait un direqueteur ! Et v'là qu'on a touché un branque ! Un zozo ! Un follo ! Où qu'elle va aller, c'te boîte à cons, av'c un orlibrius pareil !

Je feins de ne pas l'écouter, ce qui m'épargne de la salive que je mettrai à profit pour coller les timbres sur mon faire-part de mariage, quand j'aurai trouvé l'âme sœur.

Surgissement de Mathias.

Il n'a pas sa blouse blanche et porte un complet foutriqueux, dans les tons muraille, à rayures.

— Vous m'avez...

— Me cours pas sur la prostate avec ton voussoiement, Crème de bite ! Ou alors, appelle-moi « Monseigneur » et use de la troisième personne !

Il se dessaisit d'un beau sourire à la fois lumineux et humide.

— Eh bien, puisque vous tu l'exiges, monsieur l'Antoine...

J'entre, baïonnette au canon, dans le vif du sujet :

— On a conduit à l'institut médico-légal le cadavre d'une femme assassinée de sinistre manière puisqu'on l'a tirée avec un revolver enfoncé dans son sexe. On ne sait rien d'elle, sinon que son corps se trouvait dans le coffre d'une vieille bagnole américaine qui appartient à un petit trafiquant de drogue travaillant à la porte des lycées. Je pense que le gars est innocent de ce meurtre.

Clameur du Gros, horrifié par ma déclaration :

— Môssieur l'direqueteur pense qu'il est innocent ! Une crevure qui contamine notre jeunesse !

Je poursuis, inexorable :

— Tu vas aller voir le corps de cette femme, prélever ses empreintes, discuter avec le légiste, bref apprendre qui elle est, qui elle fréquentait, comment elle vivait, la routine, quoi !

— Je pars immédiatement, assure Mathias, mais ton histoire me rappelle quelque chose, monsieur le directeur ! Des femmes assassinées de la manière que tu indiques, il y en a déjà eu. Au moins deux, si ma mémoire est fidèle. L'avant-dernière remonte à deux ans environ, à Lyon. Le corps se trouvait dans l'un des bassins d'une pisciculture, celui des plus grosses pièces. Il était passablement bouffé, presque méconnaissable. Quant à celui d'avant, je ne me rappelle plus ni

l'endroit, ni les circonstances, mais je ferai des recherches.

— Dans les cas précédents, le meurtrier a été
interpellé ?

— Non. De cela je suis certain.

— Voilà qui m'intéresse, Rouillé. Tu es une véritable encyclopédie du crime !

Mathias s'en va sur le chantier de la guerre.

Je dis à l'Hostile :

— Si tu es décidé à rouscailler pendant des heures,
va tirer ta baleine ! Sinon, suis-moi.

Il me suit.

Avant de quitter mon P.C., je passe dans le
burlingue contigu au mien. C'est là que se trouve mon
adjoint, car j'ai exigé d'en avoir un à qui déléguer une
partie de mes écrasantes tâches.

Il s'agit de Jérémie Blanc.

Lorsque j'ai fourni son curriculum au ministre, il m'a
dit, d'un ton nonchalant :

« — C'est un Noir, n'est-ce pas ? »

« — Je l'ignore, monsieur le ministre. Je le connais
trop pour m'apercevoir de ce genre de détail. Par
contre je peux vous dire qu'il est licencié en droit et
qu'il préparait un doctorat de lettres avant de venir se
faire balayeur à Paris. »

Homme d'esprit, l'Excellence a souri et a écrit
« Aprouvé » sur ma demande. Je ne lui ai pas dit que
Jérémie, lui, aurait mis deux « p » à « approuvé ».

Tout comme moi, cette promotion éclair ne lui disait
rien qui vaille, au Noirpiot.

« — T'as pas peur qu'on se fasse chier, Antoine ? »

« — Si, mais si c'est *too much,* on se cassera. La
démission n'a pas été inventée que pour les P.-D.G.
véreux ! »

C'était assez tentant de « se rendre compte ». Nous avons ourdi un plan pour fonctionner à l'unisson, et il est laguche, à présent, mon pote, saboulé bleu marine croisé, avec limouille blanche et baveuse club à rayures. Privé de ses blousons et de ses T-shirts, il se sent engoncé. Ça lui confère un maintien raidasse, et quand il tourne la tronche dans son col amidonné, t'as l'impression d'un périscope de sous-marin qui manœuvre. Mais il s'habituera aux carcans de la civilisation, l'ancien escaladeur de cocotiers. J'en ferai un dandy, promis juré. Un grand commis de l'État !

Je le trouve en converse avec le commissaire Moineau, de la Criminelle, un mec plein de qualités professionnelles qui n'a pas l'air de trop jalouser notre fulgurante ascension, mais sait-on jamais ? Avec les hommes, faut toujours se gaffer. On les croit tels et ils sont autres, on les croit Tell et ils sont Gessler !

— Pardon ! m'excusé-je. Jérémie, je suis convié à un vin d'honneur à la Préfecture à dix-huit heures trente. Comme j'ai un empêchement, tu m'y représenteras.

— Oh ! putain, voilà les mondanités qui commencent, se désole Mister Blanc. Qu'est-ce qu'ils ont à foutre d'un nègre, à la Préfecture !

— Ça leur montrera qu'un nègre n'est pas fait uniquement pour balayer des étrons de clébards sur les trottoirs !

J'adresse un salut de la main à Moineau et je me retire.

Le Gravos, à mon côté dans la 500 SL, ressemble à un ours brun qui n'a pas eu son miel. Le trou qu'il a pratiqué dans son chapeau en le consommant achève de le lui donner l'aspect d'un épouvantail trop bourré de paille.

— Môssieur le dirluche a conservé son joujou, ironise l'Enflure ; y n's' sert point d' sa voiture de

fonctionnement ? Un' Renault 25 noire, c'est top chi-
choi pour sa gueule ?

Je freine en catastrophe, ce qui le fait donner du pif
dans le pare-brise, vu qu'il a omis de crocheter sa
ceinture de sécurité.

— Descends ! lui enjoins-je. Tu me les coinces trop,
décidément ! Je fais de l'érésipèle au sacrum.

Il ne répond rien et s'extrait, non sans mal, de ma
voiture sport. Je l'abandonne au bord d'un trottoir,
sans remords.

Je roule mollo dans la circulation épaisse à cette
heure de l'après-midi. Les arbres achèvent de perdre
leurs feuilles et le ciel est bas. Cette partie de Paname
me paraît grise et triste. Je gravis les pentes de
Belleville. Tiens, voilà un quartier qui a changé. Les
bétonnières des promoteurs ont gommé le folklore de
jadis. Utrillo est complètement mort, maintenant.

Les villes, c'est comme les gens : elles vieillissent.
Les hommes disparaissent et sont remplacés par d'autres, aussi cons qu'eux, mais encore plus moches,
affublés faut voir comme ! On vit une fin de siècle
oripeaux ! Oripeaux et béton ! On arrache le charme
pour imposer le fonctionnel. Heureusement que c'est
pas solide. Tous ces nouveaux bâtiments se lézardent
déjà avant qu'on ait passé la deuxième couche de
peinture ! Peut-être les remplacera-t-on par quelque
chose de moins sinistros. New York est belle, après
tout. Ce qui nous tue, en France, c'est le rabougri, le
miteux, le bas art ! Rikiki-la-bougie, comme style !
Finitions courant d'air ! On pose des filets contre les
façades neuves pour pas dérouiller des parpaings sur la
hure ! On habite des châteaux de cartes, les mecs ! Plus
de place pour les pétomanes : ils feraient s'écrouler la
masure !

Tout en donnant de la gîte, je me hisse jusqu'à la rue

du Poteau-Rose et ralentis en passant devant le 14, où
crèche le « dillinger » de Béru. Immeuble en retrait,
précédé d'une bande jardinière, le tout clos d'un mur
supportant une grille rouillée. Je poursuis en direction
de l'impasse où le vilain me dit qu'il remise sa tire
ricaine. Parvenu dans le coin, je gare mon bolide et
redeviens piéton à part entière.

Comme je traverse la rue, un G7 s'arrête à ma
hauteur et Bérurier en descend. Il douille, se fait
durement invectiver car il ne laisse que vingt-cinq
centimes de pourboire.

— On t'a suivi, explique-t-il, biscotte à peine que tu
m'eusses débarqué, ce sapin se pointait.

Ses grosses lèvres tremblent d'émotion.

— Faut pas qu'tu m'en veuillasses, balbutie le gros
benêt, on est un peu en porte sa faux, avec ce
chambardement, et va falloir qu'on r'trouve ses
marques.

Je comprends son état d'âme.

Le saisis par le cou.

— La vie est là, simple et tranquille, lui dis-je.

Il largue une larmouille, l'essore de sa manche.

— Tu m'promets qu'aura rien d'changé, Sana ?

— Tu sais bien que non : la preuve, nous voilà tous
les deux, comme toujours, pif au vent, à flairer le
gibier.

Là-dessus le sentant rasséréné, je m'engage dans la
fameuse impasse, laquelle s'achève par une vaste cour
dont toute une partie est encombrée de statues plus
ou moins verdies. Le pompiérisme à son apogée !
Des Diane chiasseresses, des Vénus véloces, des dieux
à la chaîne : Zeus, Mars, Mercure... Des angelots sur
vasques, des amours joufflus, des Républiques violées,
des vierges éplorées, un Saint Pierre renieur, Victor
Hugo pensant, Chateaubriand penché, la Madelon de
la Victoire, une Victoire de Samothrace, Napoléon en

plein ulcère de l'estomac, Beethoven avant sa surdité, Canuet à l'époque, Méphisto faisant « l's », un buste de Pasteur, un autre de Luther King et un nu de Line Renaud à l'époque où elle posait pour Rodin.

L'autre côté de la cour (qu'on pourrait appeler jardin car elle est complantée d'arbustes aux espèces évasives) sert de parking à trois voitures. L'emplacement de chacune est délimité par des traits à la peinture blanche. Dans chaque rectangle figure le numéro minéralogique du véhicule auquel il est réservé, pour éviter les embrouilles.

Deux des cases sont occupées, manque la chignole du *dealer*.

— Voilà ce que va être ta mission, Alexandre-Benoît. Tu vas attendre ici le retour de Larmiche. Dès qu'il arrivera, tu lui demanderas les clés de sa guinde sous prétexte d'aller faire procéder à de nouvelles analyses dans le coffiot. Tu conduiras alors le véhicule à l'adresse marquée sur ce papier et le confieras à un grand barbu maigre qui ressemble à un dynamiteur, mais rassure-toi, c'est un brave homme. Il aura pour une ou deux heures de boulot. Pendant ce temps, tu dégusteras le beaujolais nouveau dans un estaminet du quartier. Puis tu reviendras chercher la guinde et tu la ramèneras ici. Après quoi tu iras rendre les clés du véhicule à Joël Larmiche, au 14 de la rue du Poteau-Rose, en lui recommandant de ne plus ouvrir son coffre, sous aucun prétexte, sous peine de graves représailles. Tout cela est-il enregistré ?

— Naturliche, mec !

— Alors, à plus tard !

Je l'abandonne auprès des statues. Il semble être l'une d'elles : Gargantua interprété par Dubout !

Retour au bureau.

Je pense à Chilou, le disgracié, l'exilé ! Le banni ! En

2

a-t-il fait des ronds de jambe, dans cette pièce, le vieux schnock ! En a-t-il jeté des fulgurances avec son crâne plus poli que celui d'un squelette passé à l'encaustique ! Et des coups de gueule ! Combien en a-t-il poussé ? Des sarcasmes fielleux, des qui font mal à l'orgueil ! Des menaces sournoises ! Des flagellations orales dont on se remet mal. Le voilà en partance pour les oubliettes, l'Achille. À se détériorer des méninges et de la frime. Qu'on va bientôt trouver son râtelier trop grand pour sa clape, ses yeux trop gélatineux (toujours, les vioques mirontons). Les paluches qui tremblent en reposant la tasse sur la sous-tasse ; castagnettes et tangos, olé ! Birbique, quoi ! Coulant à pic dans la solitude de vieillesse, avec juste ses maux pour lui tenir compagnie. Ses maux et ses souvenirs, qui iront croissant, les uns et les autres.

Je pose ma main sur le téléphone (SON téléphone) et compose son fil privé juste en appuyant sur la touche sélective qui est restée programmée.

Gouzillage, glinglinterie et c'est sa pomme qui répond.

L'organe est clair, net, viril, presque joyeux.

— Monsieur le directeur ? ne puis-je m'empêcher de bafouiller.

Il a reconnu mon mâle organe.

— Ex-directeur, monsieur le directeur, riposte le garnement.

Et il glousse.

— Ça se passe bien, la succession, cher ami ?

— Je pense beaucoup à vous, réponds-je, miséreux de l'âme.

— Il faut se tourner vers l'avenir, mon vieux. Moi, c'est le passé ; le passé décomposé !

Son jeu de mots l'amuse. Il rit derechef.

— Je parie que vous vous inquiétez pour moi, Antoine. C'est pas vrai ? Vous avez une sensibilité de rosière. Vous m'imaginez égrotant dans un fauteuil, avec un plaid écossais sur les jambes, abordant le gâtisme en vieux croquant frileux ! Erreur, garçon ! Je vais vous dire une chose, vous apprendre une grande nouvelle : je suis heu-reux ! Libre ! Plus personne à sucer ; j'ai enfin un présent, moi qui n'avais pensé jusqu'alors qu'à l'avenir ! Moi qui ménageais la chèvre, le chou, le berger et le jardinier !

« J'ai de la fortune. De naissance, je précise, l'État français ne m'ayant apporté que des camouflets, des angoisses et des nuits blanches ! Vous me surprenez en pleines valises, mon bon ! Direction Andalousie. J'ai une très jolie masure, là-bas ! Pieds dans l'eau ! Quatre hectares de fruitiers. Et les fruitiers, permettez : agrumes, kiwis, avocados ! Je pars avec une merveilleuse créature blonde. Mais alors du jamais vu, Antoine !

« Allô ? Vous me recevez cinq sur cinq ? Vingt-huit ans ! Je répète : vingt-huit ans ! Si je vous raconte ses mensurations, vous éjaculez sur la moquette ! Une technique qui ferait chialer Madonna. Des spécialistes de la fellation, j'en ai pratiqué de quoi remplir tous les bordels du Moyen et de l'Extrême-Orient ! Mais cette petite Margarita ! Alors là ! Alors là ! Pendant qu'elle vous gloutonne le membre, elle te vous passe un vibromasseur sous les roustons avec sa main gauche et, de la droite, vous harmonise deux doigts dans le rectum. Je ne sais pas si vous mesurez l'ampleur du numéro, Antoine ? Si ? Vraiment ? Vous réalisez bien la séquence ? Du grand art !

« À mon âge, je peux vous le confier, on se tarit quelque peu. Où sont les geysers d'antan ! Il n'y a pas de fumée sans feu, prétend-on. En tout cas, il en existe sans foutre ! Si je vous disais que Margarita parvient à m'essorer de telle sorte que je retrouve pour partie mon impétuosité d'étalon ! C'est quelqu'un, non ? Et sans

esbroufe ni triomphalisme d'aucune sorte ! Elle me
recueille presque dévotement, l'exquise ! Me savoure
comme cet Yquem avec lequel Antoine de Caunes
prétend que vous vous lavez les dents chaque matin !

« Il n'est pas exclu que je l'épouse ; si c'est le cas,
vous serez son témoin ! Moi, j'ai déjà le mien. Un
homme tout à fait remarquable. On est en train de lui
refaire son œil de verre que d'aucuns trouvent un peu
trop goguenard. Il faut dire que le personnage tout
entier est mutin ; on va lui mettre du pensif dans l'iris,
pour tempérer. Sur ce, je vous laisse, mon petit : notre
avion pour Malaga décolle dans deux heures. C'est très
gentil à vous d'avoir appelé. Soyez ferme avec vos
subordonnés, Antoine ! Dites-vous bien qu'ils sont
aussi pourris et dégueulasses que vos supérieurs.
N'ayez jamais confiance en personne, c'est le secret de
toute réussite ! »

Après avoir raccroché, je me sens rasséréné.
Contrairement à ce que je redoutais, tout baigne pour
mon prédécesseur, je vais pouvoir régner en paix.

Mathias demande à être reçu et se pointe en s'éven-
tant avec une fiche de bristol lignée.

Sa frime de pivoine est luisante d'excitation.

— Oh ! toi, tu ramènes un os avec de la viande
autour ! plaisanté-je.

— Je crois que tu vas être content, monsieur le
directeur.

— Pose-toi et raconte.

Il s'assoit et place sa grande fiche rectangulaire sur le
bureau.

— Non seulement j'ai l'identité de la victime, mais
j'ai retrouvé les deux affaires similaires dont je t'avais
parlé.

— Eh bien ! voilà effectivement de bonnes nouvelles, mon petit Xavier !

Il humecte ses lèvres desséchées d'une langue rêche comme une râpe à bois.

— La victime que je qualifierais de « parisienne » est une certaine Élise Lalètra, 32 ans, prostituée au bois de Boulogne secteur Porte Maillot. Elle lève des michetons en maraude, prend place à bord de leur bagnole et les escorte soit à l'hôtel, soit dans un coin paisible du quartier pour les éponger à la sauvette. Elle a pour souteneur un Maghrébin, ancien joueur de football de seconde division, radié à vie pour avoir cassé la gueule d'un arbitre. Cet oiseau se nomme Ali Ben Kalif et il est tombé trois fois pour des motifs allant du proxénétisme au vol avec effraction. Tu trouveras sur cette fiche les endroits où l'on est susceptible de le rencontrer.

« Passons maintenant aux affaires antérieures. L'assassinat a bel et bien eu lieu à Lyon. La victime, une autre prostituée, habitait le quartier de Vaise. Elle était mariée à un conducteur de trolleybus qui ignorait tout (a-t-il prétendu) des activités clandestines de son épouse. Il est vrai qu'elle « travaillait à mi-temps », si je puis dire, dans un petit clandé comme il n'en existe que dans cette bonne ville de Lyon, tenu par une honorable dame d'âge canonique, veuve d'un avocat. La pute en question s'appelait Fabienne Marchopaz, son époux, Raymond, et sa « patronne », Mme Sidonie Princesse. Comme je te l'ai dit, son cadavre a été retrouvé dans une pisciculture de Saint-Joseph-le-Castré dans l'Isère, à une trentaine de kilomètres de Lyon. Il était très endommagé par les truites voraces, ayant séjourné une trentaine d'heures dans le bassin avant qu'on ne le découvre. L'enquête de nos confrères lyonnais n'a rien donné. Un instant on a soupçonné l'époux, dans l'hypothèse où il aurait appris l'activité secrète de sa femme et se serait vengé, mais il possédait un alibi en béton. Sans être classée, l'affaire stagne.

« Et pour finir, la première histoire, puisqu'on
rebrousse le temps. La victime, assassinée exactement
de la même façon que les deux autres, était déjà une
péripatéticienne, elle aussi, nommée Léonie-la-Chaude.
Le meurtre a eu lieu quinze mois plus tôt à Bourg-en-
Bresse. Il concerne une vieille poivrote qui trafiquait ce
qui lui restait de charmes. Elle vivait seule, à Brou, non
loin de l'église, et recevait de préférence des petits
pépères veufs et rentiers qu'elle traitait comme des
habitués, voire des amis. On a déniché son cadavre
dans la tranchée d'une canalisation. Le meurtrier l'avait
recouvert de terre, mais il y a eu un problème technique
qui a obligé les ouvriers des Ponts et Chaussées à
rouvrir la fosse. Là, encore, les investigations ont été
vaines. »

D'une habile chiquenaude, Mathias propulse son
putain de bristol entre mes mains.

— Intéressant, non ? murmure-t-il.

— Tu veux dire passionnnant, mon lapin russe !
Tirons-en les conclusions qui s'imposent. Nous avons
affaire à un maniaque qui prend son panard en filant le
contenu d'un flingue dans le sexe de dames putasses.
Ce maniaque se déplace de telle sorte qu'on pourrait
penser qu'il obéit à un avancement de sa carrière :
Bourg-en-Bresse, puis Lyon, enfin Paris ! Un fonctionnaire ? On est enclin à répondre par l'affirmative. À
chacun de ses meurtres correspond le besoin d'évacuer
le corps. Pourquoi ce risque superflu ? Si je prends son
premier forfait : la vieille pute de Bourg-en-Bresse, il
pouvait très bien l'abandonner à son domicile, mais
non, il a pris l'immense risque de l'enterrer dans la rue !
Idem pour la deuxième. Il coltine le cadavre jusqu'à
une pisciculture, ce qui est téméraire. Ce mec n'a pas
froid aux châsses.

« Quant au dernier, alors là, il bat ses records
précédents. Pour sépulture provisoire, il lui choisit la

bagnole de Larmiche, le *dealer*. Pourquoi ? Parce qu'il sait que Larmiche trafique de la drogue et que, quand on trouvera le corps d'Élise Lalètra dans le coffre de sa voiture, la police le prendra aussi sec pour le meurtrier. D'où je conclus que le mec en question côtoie le Milieu, celui de la came, en tout cas. Car il connaît les activités de Larmiche et l'endroit où il remise sa tire. »

— Donc, nous excluons le fonctionnaire qui monte en grade ?

— Pour l'instant, oui. Cela dit, Xavier, j'ai l'impression que nous mettrons avant longtemps la main sur le maniaque. Avec tout ce dont nous disposons, si ce gus n'est pas enchristé dans les quarante-huit heures, je m'engage dans l'Armée du Salut !

Ce qu'on peut proférer comme conneries, parfois !

# CHAPITRE TROIS

## QUI VA TE FAIRE FROID AUX MICHES
## SI TU NE METS PAS
## TES COLLANTS DE SKI

Joël Larmiche regarde décarrer Bérurier-le-Méchant au volant de sa grosse caisse ricaine. Se dit qu'il pilote comme un con et que ce péquenot a dû apprendre à conduire sur un tracteur. Craint pour sa pompe, bien qu'elle soit vieille et n'excite même pas la convoitise d'un romanichel.

Il est tard, la rue du Poteau-Rose est aussi déserte que celles avoisinant une centrale thermonucléaire un lendemain de fissure.

Joël est content de regagner son *home,* de retrouver son homme, ainsi que sa petite maman. Il est présentement maqué avec un danseur du *Pet qui Fume* surnommé « Friandise ». Aujourd'hui, il fait relâche et l'attend dans leur chambrette tapissée de cretonne bleue et rose. Mme Larmiche l'aime bien et préfère avoir un gendre plutôt qu'une belle-fille. Avec une nana, ça ferait des étincelles ; tandis que « Friandise » est un être délicat qui lui ramène une rose ou un gâteau chaque jour. En outre, le couple est discret et pratique la sodomie avec tact et vaseline.

Larmiche a grand besoin de tendresse après la dure mésaventure qui vient de secouer sa vie. Heureusement que le directeur de la Police a cru à son innocence, sinon l'affaire risquait de mal tourner. Mais y a-t-il cru *réellement ?* Ne s'agirait-il pas plutôt d'une ruse ? Une supposition qu'il l'ait fait relâcher, mais en lui mettant un fil à la patte ? Ce serait d'assez bonne guerre, non ?

Cette perspective ne parvient pas à atténuer sa joie de retrouver son logis. Il presse le pas.

Peu avant qu'il atteigne son immeuble, une voiture qui se trouvait en stationnement devant sa porte cochère démarre doucement. « Tarte aux fraises (des bois) » qui déambulait au milieu de la strasse emprunte le trottoir pour lui laisser le passage. L'auto sombre n'accélère pas, sans doute pour ménager la quiétude bourgeoise des habitants de la rue. Mais parvenue à deux mètres de Larmiche, elle oblique résolument à droite, escalade le trottoir (bas sur cette voie tranquille) et emplâtre le *dealer* contre le mur de la teinturerie Crapeau. La mère de Mme Crapeau tenait déjà cette boutique avant la dernière guerre. Même qu'il y a des vieux, dans le quartier, qui se rappellent parfaitement comme elle se faisait miser sur sa banque, après avoir baissé le volet roulant, la daronne. Une pétroleuse dodue, avec de la moustache et des fourchetées de poils qui lui jaillissaient de la culotte lorsqu'on la lui ôtait !

Donc, faut en revenir à Joël Larmiche que la sombre voiture vient délibérément de télescoper contre le mur où s'étale encore une vieille affiche de Georges Marchais, rajeuni sous sa teinture neuve préélectorale.

Il a le bassin broyé, Larmiche, les fémurs aussi et ses couilles ont dérouillé sec, de même que son bide. Il ne peut émettre un son. L'auto marche-arrière chouïa et Larmiche glisse le long du mur. Quand sa poitrine atteint le niveau du capot, le véhicule exécute un nouveau rush et ça craque biscuit dans sa caisse à horloge. Dans la lumière des phares, le conducteur voit dépasser la frime hallucinée du « droguiste » que tu la prendrais pour un bouchon de radiateur, du type Jaguar ou Rolls, mais maintenant ils sont *prohibited*.

Une seconde fois, l'agresseur s'écarte de la façade et

le gars Joël choit plus bas ; mais pas jusqu'au sol. Deuxième mouvement avant et c'est la tronche du pauvret qui éclate.

Alors le conducteur manœuvre pour tout de bon et s'en va sans hâte, laissant un tas de hardes sur le trottoir. Aux aurores, il va devoir se rendre à la station lavage express de son quartier, pour faire disparaître les vilaines éclaboussures.

Deux plombes plus tard, Bérurier est de retour avec la grosse ricaine. Il aperçoit un zig allongé le long d'une façade de teinturerie, mais le prend pour un clodo et gagne l'impasse du sculpteur. Fidèle aux consignes qu'il a reçues, il gare l'auto sur son emplacement réservé, prélève la clé de contact, verrouille les portes et se met en chemin.

À cet instant, l'une des statues lui adresse un « Tsssiiit ! » que seuls les gens possédant comme Noah les dents du bonheur réussissent à la perfection.

Le Gravos s'approche de la statue sifflante. Son regard fait des grumeaux car il a passablement picolé (non pas du beaujolais nouveau, mais des vin blanc-rhum, sa nouvelle passion). Il constate une femme en pyjama, survêtue d'un pardingue d'homme qui lui dissimule ses mains et ses mollets. Elle est rondelette, blonde frisottée, avec des yeux de ruminant distingué (du fait qu'ils sont très clairs). Elle est chaussée de pantoufles de cuir bordées de cygne.

— Qu'est-ce que vous fabriquez ici ? demande-t-elle d'un ton catégorique. C'est une propriété privée, ne savez-vous pas ?

— Je rapporte la bagnole de mon pote Larmiche dont il m'a prêtée, rétorque le Gros en agitant les clés du tas de ferraille à roulettes. Et vous, jolie p'tite maâme, vous rêvez z'à la lune comme su' l'couvercle d'une boîte à biscuits qu'on avait chez nous dans mon

enfance et qui représentait Colombine z'av'c son
Colombin ?

— Moi, je sors ma chienne qui a des ennuis d'intes-
tin, révèle la noctambuliste en désignant un fox-terrier
pour gramophone occupé à déféquer au pied d'Apol-
lon, cela à grand-peine et avec force trémoussements.

— V'devreriez y faire boire d'l'huile d'olive, prescrit
le vétérinaire Alexandre-Benoît Bérurier, de Maisons-
Alfort, c'est juste un peu d'constipation consécutif aux
fécules lentes.

Puis son admiration pour la dame se déclenchant, il
demande :

— Vous habitez chez l'esculpteur ?

— Je suis sa femme.

— Sa femme ! Mais j'm'ai laissé dire qu'c'tait un
vieux schmoll ?

— Ça ne l'a pas empêché d'épouser une fille de
trente ans sa cadette ! Je lui servais de modèle, et puis...

Elle montre une Diane aux bains, près de là.

— C'est moi, ça !

Le Mastard émet un sifflement admiratif.

— Dedieu de Dieu ! bée-t-il. Vous permettasses
qu'je visualise av'c les mains ? J'sus comme les aveug',
moi, dans certains cas.

Il se met à caresser les seins de la statue en forme de
calebasses et son cul comme deux citrouilles en nour-
rice.

— J'comprends qu'il vous eusse épousée, mon trognon ! D'autant qu' je parille qu' la réalité est aussi dure
que l'affliction. Ça m'intéresserait d'vérifier, mais p't'ê-
tre allez-vous me jugeasser trop hardi, comme disait
Laurel ?

Elle a un sourire complice. Il ne sollicite pas d'autres
*Ausweis* et amène ses rudes paluches sous le pardingue
heureusement relâché.

— Dedieu de Dieu ! ronronne le bipède : c'est aussi

gros, aussi ferme, mais beaucoup plus chaud. Ya yaïe !
Moi, des roberts commaks, j'en f'rais mes choux-raves
jusqu'à vital-éternit ! Et le michier, dites ! Alors là, la
nana de béton peut aller se refringuer ! Il a presque
quasiment doublé, d'puis qu'vot' vieux kroum l'a
modèdelé. Et la moulasse, parole d'homme, on croire-
rait plus la même !

Il passe le tranchant de sa dextre entre les jambes de
pierre, puis, immédiatement après, plaque sa pogne
complète entre les jambes de chair.

— Plus du tout la même fente, ma colombe ! On sent
qu'v's'avez déluré d'puis qu'l'artiss y est allé d' son
œuv'. Vot' frifri s'est pas croisé les jambes ces derniers
temps ! Charogne ! Vous parlez d'une escalope ! Là, y a
d'quoi r'faire des oreilles à Lauda ! Et des chouettes,
façon Jumbo ! Ça festonne, ma loute ! On peut dire
qu'vous pavoisesez du trésor. V'savez qu'vous m'exci-
tez, mine de rien ?

La compagne du sculpteur rétorque, d'un ton pincé :

— J'en suis flattée, mais refrénez vos bas élans,
monsieur, car je dois vous avouer que vous n'êtes guère
mon genre !

Oh ! la bêcheuse ! Il en est soufflé pire qu'à Murano,
Bibendum. Qu'est-ce qu'elle se prend, cette pécore ?
La Couine of England ? Elle est là, puant le plumard
non ventilé dans son pyjama à la limite du hors-jeu,
affublée d'un lardeuss qui ferait honte à un épouvantail, et elle te joue les chochottes du gland, avec sa
babasse en babines d'hippopotame !

Il faille s'indigner fort, Zéphirin, rameuter les endor-
mis de Belleville. Mais il lui vient une idée subreptice
dont il garantit l'efficacité.

— Ah ! j'sus pas ton genre, Gamelle ?

Un bruit sec de fermeture Éclair actionnée à l'énergie. Le tumultueux coule sa main par l'entrebâillement

de la fenêtre, s'empoigne le module vibrant, l'extrait de
la grotte miraculeuse et le laisse dodeliner à l'air libre.

— Et ça, la mère, c'est ton genre ?

L'épouse du sculpteur se fige, pétrifiée par la stupeur
et l'admiration.

Si tu savais la fière allure qu'il a ce monstrueux paf, à
la clarté lunaire, dans ce jardin extraordinaire digne de
l'immortel Trenet ! La lumière d'un réverbère parvient
jusqu'à la tige royale (royale car elle a l'air d'un
sceptre, et non d'un spectre). Son beau casque (forme
germanique, hélas, mais pour le fourrer où il le fourre,
c'est bien suffisant) rutile. Le dieu Priape vient de se
joindre aux autres divinités de l'impasse. La dame
continue de considérer l'hémisphère sud de ce mâle
surdimensionné. C'est chaque fois pareil, quand le
Gros dégaine à l'improviste. La stupeur engendre le
silence. Sans blasphémer, je qualifierais celui-ci de
« religieux ». Tant de sentiments forts se croisent,
s'entremêlent : incrédulité, admiration éperdue, ferveur, instinct grégaire, ardente croyance dans les desti-
nées de l'espèce, respect surtout ! D'emblée, toute
spectatrice délivre une minute de silence et déplore de
ne pas avoir de drapeau français à disposition afin de
l'agiter en entonnant la Marseillaise.

Béru a la victoire élégante. Il triomphe en souplesse.

—Mouis, j'sais, dit-il. Première rédaction : la tai-
sance. N'ensute, vous voudrerez l'toucher, voir n'en
quoi qu'il est, si c'est d'la viande ou du cayoutchouc. Et
puisse, quand vous l'aurez bien flatté d'la main, y vous
viendrera l'besoin d'vous l'faire carrer en moniche, ma
pauv' chérie ! Vot' instincte féminin de femme. En
vous, quéqu'chose s'déclenchera, vous vous direz
qu'un zob commak, c'est p't'êt' la Providence qui l'a
placé su' vot' route. V'n'avez jamais vu l'pareil et n'
l'reverrerez plus, au grand jamais. Vous décidrerez
alors d'vous engouffrer c'trognon, à tout prix, ne fusse-

t-il que pour pouvoir raconter la chose à vos amies. Une
espérience d' c'diamètre, c's'rait d'la folie d'lu passer
l'outre, ma colombe !

Elle écoute sans entendre, ou bien entend sans
écouter. Et le canevas énoncé par Sa Majesté se
déroule point par point. Elle s'approche, tend une main
extraordinairement préhensible, fait « pin-pon pin-
pon » avec l'objet dont la rigidité va croissant.

Légère digression, au plan de bataille prévu : elle
s'agenouille devant cette magnificence divine, égosille
de la clape, s'écarquille les mâchoires, fait dents de
velours et entonne le chant des partisanes.

— Oh ! alors, si maâme sert déjà les z'hors-d'œuv' !
roucoule Sa Seigneurerie, où va-t-on-ce ?

Mais l'épouse du sculpteur s'étouffe à l'oral. Déjà
qu'elle ne supporte pas l'abaisse-langue du docteur,
alors tu parles, une aubergine d'un kilogramme, tout
épluchée !

Galant, l'Enflure récupère sa torpille terre-cul.

— Laisse, tu vas aller au refile, ma grande. Tourne
tes miches du côté du Sacré-Cœur et appuille-toi des
coudes sur c'te colonne ; voilà ! T'as tout pigé. À
présent, on écarte les cannes, ma toute belle, bien
faciliter l'entrée du gladiateur dans la fosse aux ours !
Pas de regimberies, je te conjure ! Tu laisses flotter les
rubans, j'vas te pratiquer dans l'velouteux, l'vaporeux.
Une vraie valse de Chtrosse. Tu t'croieras au sep-
tième ciel avant Jésus-Christ, tant tell'ment mon cham-
pignon anatomique va t'réjouir l'couloir à tringlette !
T'seras ensorcelée, gamine ! Folle d'mon zob ! Des fois,
j'me dis qu'je devrerais en faire faire un moulage et
qu'on l'vendrait dans les sesques-shops aux gonzesses
que l'époux est monté sapajou, ou bien aux veuves qu'
le temps leur tricote des toiles d'araignée à force de
faire tintin, les pauvrettes !

« Là, voilà ! T'es parfait'ment à point pour toucher

ton bon d'caisse, la mère! Soye aimab' : guide M'sieur
Popaul jusqu'à la suite présidentielle. Gaffe qu'y rentre
pas d'poils en même temps que lui, ça m'le rayerait
biscotte il est encore plus chauve que M'sieur Daniel
Boulanger, l'académicien. Bien. Croive pas qu'j'vas
arquebrouter! Pas de ça, Lisette : force et souplesse.
Milord rentre chez lui sans ses fractions, su' la pointe du
nœud : c't'un délicat. La sauvagerie, il laisse ça aux
Cosaques! La baisouille franchouillarde, ma jolie.
Normande! Donc la vraie.

« Voilà, tu le sens mon gros raminogrobis qui te
chuchote dans la moniche? Tu croirais le clapotage
des vagues su' l'lac du Bourget. Féerique, non? Ah! tu
vibres, hein? Ça t'intéresse mieux qu'un discours de
Maurice Chirac! Assure bien ton assiette, fillette, il se
pourrerait qu'j' poussasse les feux. Quand je frénésise,
moi, j'ai du mal à r'tenir la telage. Voilà, c'est parti
pour la gagne! Mon infanterie pilonne l'arrière d'tes
positions. Dis, la petite mémé, c'est pas ta joie d'viv'
qu'je te pratique là? Non, surtout gueule pas, tu
risquerais d'alerter ton vieux! Comment? Il est
constipé des feuilles? Ah bon! Nanmoins t'as des
voisins!

« Mais qu'est-ce y s'passe? Oh! dis : ta chienne qui
m'lèche les noix! C't'affectionneux, ces p'tites bes-
tioles, hein? Tu peux pas y dire d'rester tranquille, ça
m'fait marrer, la chatouille. Elle s'appelle comment
t'est-ce? Finette! Voilions, Finette, laisse mes roustons
peinards; on n'joue pas av'c ça, c'est des choses
sérieuses! Allons bon : l'oignon, maint'nant. C't'une
vraie gourmande! On m'avait dit : les fosse-terriers,
c'est vicéloque! Toujours la truffe au cul d'quéqu'un!

« Attends, môme, bouge plus : v'là du monde. J't'le
conjure, reste immobile, j't' finirai dès qu'y s'ront
r'partis. Et ta pute de chienne qui me tire des grands
coups de langue râpeuse su' l'filet, merde! »

Le Mastard se tait, because une voiture a pénétré dans l'impasse, y a manœuvré comme si elle entendait repartir, mais elle stoppe au niveau de la bagnole de Joël Larmiche. Le conducteur coupe les gaz et les phares. Il descend de son siège, suivi d'une fille vêtue on ne peut plus court de collants noirs, d'une jupe-culotte à peine plus étoffée qu'un slip et d'un manteau trois-quarts en fourrure. Détail croustillant : elle porte des cuissardes noires, moulantes comme des gants de chevreau.

Le couple marche jusqu'à la grosse tire ricaine. L'homme sort de menus outils de sa poche et entreprend de libérer le verrouillage central. Pendant qu'il s'active, sa camarade fait le guet.

Elle chuchote :

— C'est impressionnant, ces statues au clair de lune.

Son panoramique stoppe sur le groupe Béru-femme du sculpteur.

— Tiens, il fait dans l'érotique ! note-t-elle.

Elle va pour s'approcher du couple uni par la levrette éternelle, mais son ami la rappelle à l'ordre :

— Dis, on n'est pas au musée, Charlotte !

Alors elle revient à lui.

Il a ouvert et l'un et l'autre pénètrent dans la tire du *dealer* : l'homme à l'avant, Charlotte à l'arrière. Les voilà qui se mettent à jouer les fourmis, examinant tout avec componction. Quand ils en ont terminé de cette inspection, ils sortent, enlèvent les banquettes et les dossiers afin de poursuivre plus loin leur exploration minutieuse. Mais ils doivent rester sur leur faim car ils rouscaillent à mi-voix.

Béru, toujours dans les fesses de la dame au fox-terrier hardi commence à prendre des fourmis dans le virevolteur de complaisance. Quant à sa partenaire, à gestes insensibles, elle recule pour que s'engage plus avant le chibre monumental de sa nocturne rencontre.

Finette continue de savourer l'incomparable rectum béruréen, mais elle a la judicieuse initiative de procéder sans bruit ni clapage intempestif, en chienne bien élevée qu'elle est.

Les visiteurs du soir remettent maintenant les banquettes en place et vont ouvrir le coffre. Bien que celui-ci soit vide, ils en explorent les recoins : roue de secours, trousse à outils, tas de chiffons, boîte à chaînes pour la neige. Mais décidément ils ne trouvent rien de ce qu'ils sont venus chercher. Alors quoi, que veux-tu qu'ils branlent dans ce jardin où les statues baisent ? Ils remontent dans leur carrosse et se font la belle.

Toutes affaires cessantes, Bérurier qui commençait à se les geler, se les réchauffe et la promeneuse de chienne lubrique dérouille une bitée farouche qui la fait gueuler nonobstant les adjurations du Gros !

Tu vas trouver que je m'exprime grossièrement, et j'en conviens extrêmement volontiers, mais tu voudrais écrire ou parler comment, toi, dans le monde décati, le monde de catins au sein duquel nous tentons de gérer nos pauvres restes ? Tout est si abominable et foutu ! Pernicieux et obstrué ! Déshumanisé et poisseux ! Égaré chez tous ces occlusés intestinaux ou ces diarrhéiques injugulables. Perdu dans un vivier grouillant de cons barboteurs qui se noient en croyant nager, la langue de Montaigne et de Dutourd n'a plus son efficacité. Les tympans saturés ne perçoivent plus que les jurons. On ne caresse plus les chiens, mais les porcs-épics. Les visages sont devenus inexpressifs et l'on ne réagit plus encore qu'à quelques culs. Même la mort n'intéresse personne. On a beau gonfler les disparitions illustres (et te gonfler avec), elles ne font pas recette. Y a désabusance totale, démobilisation générale. Puisque rien ne peut durer, que tout finisse donc ! À force d'à force, tu sais quoi ? On finit par ne plus s'aimer soi-même on n'en a rien à branler de son destin !

Quelques extrasensibles s'intéressent un peu à leurs enfants, juste pour dire... N'empêche qu'ils les laissent se camer et leur achètent des motos, acceptent sans broncher qu'ils s'en aillent traîner leurs lattes à travers les hémisphères, les longitudes, pour se forger un moral de clodo, de cloporte. De nos jours, un môme qui sort premier d'H.E.C., ses vieux n'osent pas le dire aux amis et connaissances, tellement que ça fait louche. Leur grande fille est reçue au bac avec mention *very well*? On organise dare-dare la conjuration du silence, tant on a honte qu'elle soit pas vaillamment partie pour Katmandou avec les autres, cette brebis galeuse! La mode, c'est roulasse, pétasse, drogasse, connasse. L'amour? Quès aco?

Voilà pourquoi, moi qui sais tout ça, plus le reste! voilà pourquoi je balance ferme et fort. Y a plus d'oreilles chastes : y a que des oreilles mitées! Faut pas craindre, mon fils! Crache-leur bien tes noyaux de mots à travers la gueule! Et s'il pouvait y avoir un peu de glave autour, ça n'en serait que mieux!

Donc, Béru a dûment assaisonné les meules de la dame au chien. En homme épris d'hygiène, il s'essuie subrepticement le braque avec le pardingue du sculpteur qui semble avoir été soustrait à une invasion de gastéropodes et promet à sa partenaire de la revoir bientôt; un de ces soirs. Il fera comme le train : il sifflera trois fois sous ses fenêtres. À quoi bon se gêner puisque son Léonard de Vinci a les cages à miel fanées. Il lui recommande de préparer une caroube pour la prochaine, et surtout de laisser son cador bouclarès dans la cuisine, vu que c'est pas joyce de se faire pourlécher le recteur et les aumônières en cours d'ébats. Y a des tordus que ça ferait frétiller de la membrane, mais lui, Alexandre-Benoît Bérurier, il est pas porté sur la zoophilie. Il a bien sodomisé une chèvre, quand il était adolescent, mais uniquement parce qu'elle avait de beaux yeux.

Il envoie une caresse osée à la moulasse en cours d'expertise de la dame. Il embrasse peu, le Mastard, tu remarqueras. Le baiser buccal, c'est pour l'amour vrai, « celle » qui te chancetique le guignol et te laisse des langueurs. Sa prise de congé habituelle, c'est la paluche plongeante entre les cuisses de l'intéressée.

Il est gonflé de contentement. Ce couple venu en pleine nuit s'intéresser à la tire du « dillinger », quelle aubaine ! Un moment, il a eu l'idée de déculer pour arraisonner ces zozos ; mais il a préféré chiquer au groupe statufié : Jupiter embroquant Junon ! La première fois qu'il joue les personnages minéralisés, Béru ! Encore heureux qu'il ait pas eu besoin de craquer une louise. C'est un truc qu'il n'a jamais pu contenir, le chérubin. Un pet, faut qu'il aille au bout de son propos. Tout ce qu'il peut, pour atténuer son impact, c'est ne pas le moduler. Le balancer en vrac, sans chercher à faire des vocalises anales, des triolets, voire du syncopé, malgré son goût pour le jazz.

De son pas chyderme lourd et ébranleur de terres meubles, il retourne à l'auto. Il n'ira pas rendre les clés de Larmiche tout de suite. D'ailleurs, rien ne presse, le « dillinger » doit roupiller (1).

En policier con sans cieux, il retourne à l'endroit où il a conduit ce tas de boue très naguère.

Ça se trouve à dache, dans le treizième, près d'un entrepôt dont la verrière lapidée par les garnements du quartier bâille à la lune avec des crocs acérés.

Un portail de fer peint en bleu Royal Air Force avec

_____

(1) Tu parles, Charles ! (Diana).

des caractères jaunes : « Justin Peuplux-Techniques de pointe ».

Près dudit portail, une porte genre anglais donne accès à une maisonnette aux volets verts. Béru enfonce le timbre de la sonnette et le maintient coincé en attendant que le quartier soit réveillé. Bientôt, une fenêtre du premier s'entrouvre et une femme blonde paraît.

— Vous êtes malade ou quoi ? aboie-t-elle.

— Mande pardon, c'est pour une urgerie, s'excuse le Délicat (essen). Dites à vot' mari qu'c'est moi dont j'sus venu t't'à l'heure av'c une pompe ricaine.

— Non mais vous croyez que c'est une heure pour sonner chez les gens ?

Le Gravos baisse la voix et exhale :

— Police !

Le ton est urbain, mais ferme. La dame ne répond rien et part à l'assaut du sommeil marital.

Dès lors, Alexandre-Benoît n'a plus longtemps à poireauter. Les deux vantaux du portail s'écartent et il se trouve nez à nez avec son interlocuteur de naguère : un grand diable maigre et abondamment barbu. Son regard ardent luit parmi ses poils comme deux diamants noirs dans du crin. Il porte un short et un tricot de corps, plus des sandales de cuir ravaudées avec du fil de laiton. Il a les paupières alourdies de sommeil et pue de la gueule comme une exhumation.

Sa frime perpétuellement tragique fait que ça n'a pas d'importance qu'on le réveille en sursaut dans son premier sommeil.

— J' vous casse probab'ment les roustons, mon cher, déclame le Vigoureux, mais vot' engin a déjà fonctionné et j'vous saurais un plein pot d'gré si vous m'en récupérez le résultat.

Le grand Christ acquiesce :

— D'ac.

— C's'ra-t-il long ? s'inquiète le fameux détective. J'vous d'mande ça parce que les bistracs sont fermagas dans le quartier.

Le barbu hoche la tête.

— Entrez chez moi, Martine va vous préparer un café.

Elle a ravalé ses rognes nocturnes, la blonde. Bien qu'il vienne de bouillaver comme un malade, Béru en est interloqué du glandulaire. Faut dire qu'elle y met du sien, la Martine. Elle est grande (un mètre huitante, de la cave au grenier), très blonde, pleine de formes et de viande appétissantes, à consommer sur pied. Mais alors, le fin des fins, écoute ! Elle porte un tu sais quoi ? *Baby-doll !* Oui, j'ai dit et je répète : un *baby-doll,* comme dans les sixties (crois-je). Pour ceux qu'ont pas eu la chance de connaître, je rappelle qu'il s'agit d'un vêtement de nuit féminin vaporeux, arachnéen, en forme d'abat-jour, et qui ne cache que la moitié des fesses. D'ailleurs il ne cache RIEN. Il voile seulement. À peine ! De la fumée transparente !

Bérurier s'arrête, frappé de paralysie.

Il bougonne :

— Quel fumier, ce barbu !

La Martine rebiffe. Aussi sec, elle prend les suifs de son julot.

— C'est de Justin que vous parlez ? sévérise-t-elle.

— Et comment ! Me faire ça à moi !

— Qu'est-ce qu'il vous a fait ?

— Une femme pareille, pour lui ! Et pas pour moi ! Je m'suicid'rerais si j'avais un pétard coudé !

Elle se décrispe, prenant la chose pour un compliment.

Alors Béru déclare, jouant son va-tout :

— Écoutez, mon p'tit cœur. Le baratin, c'est du vent. C'qu'importe, c'est les actes, et même les entractes. Pour être franc, j'viens d' finir une p'tite ménagère, y a pas vingt minutes. En levrette, c'qu'est assez performateur dans son genre. N'importe qui, j'vous mets au défi, lu faut deux trois plombes pour s'reprendre, r'charger ses batteries. Nous sommes bien d'accord ? Ben, d'vous apercevoir, moi, v'là l'résultat !

Assez théâtral, le bougre, il débraguette comme saluaient les mousquetaires dans un envol de feutre et de plumes. Et le prodige se répète ! Présent ! Un monstre ! Encore énervé par les agaceries récentes.

Éternel recommencement. Mouvement océanique du membre béruréen. Ah ! la fière hallebarde, et comme elle salue bien ! Comme les gardes du Vatican ont l'air engoncés, comparativement. Un coup à droite, un coup à gauche ! Faites la belle, Miss Ziffolo ! Voilà, merci, bravo !

La femme du barbu en a les larmes aux yeux ! Mais la grosse bébête la terrorise. Curieusement, elle n'a pas envie de palper, encore moins de se laisser carrer ce missile dans le train des équipages.

Elle mimique pour exprimer la sidérance, l'effroi devant pareille monstruosité. Cela dit, elle craint les phénomènes, Martine : les sœurs siamoises, le géant Atlas, le nain Tom Pouce, l'homme-singe, elle en fait pas ses choux gras. Elle préfère un bon film. Néanmoins, une queue aussi extravagante la perturbe, la déroute. Elle frissonne à l'idée qu'une dame femelle se laisse enquiller une épaule roulée d'un tel diamètre.

Bérurier flatte l'objet, comme il sait si bien le faire, plaçant sa main sous la chose pour la faire sautiller, lui donner des couleurs, de la fringance.

— Tu t'imagines avec ça dans les moustaches, la mère ?

— Sûrement pas ! assure-t-elle.

— T'as peur que ça t'écarguille d' trop l'escarguinche ? Ton Moustaki t'astique au cigarillo italoche ?

— Non, ça me dégoûte ! répond la dame blonde avec un baby-doll et rien dessous.

Oh ! le Béru ! Ce camouflet !

— Dégoûtée ! Un cerv'las d' c'te fraîcheur ? beugle-t-il. Mais si j'le montrerais à la fête de l'Huma, faudrerait qu'j'misse un calbute en fonte pour pas qu'on m'l'arrachasse ! Et des barbelés autour !

— Probablement, admet Martine, mais pour ma part je ne suis pas cliente !

Le sang (épais) du Gros ne fait qu'un tour.

Il sourit.

— Écoute, ma grande, tu parles juste pour causer et p't'être aussi pour dire, mais j'te prédille que doré de l'avant t'oublieras plus mon asperge. J'te r'donne une chance. V'là ma brème d'visite. Toute neuve, offerte par l'administration, c'est ta pomme qui l'étrennes. Si tu t'ravises et que ton frifri veule me faire plus ample connaissance, passe-moi un coup de grelot, j' t'organiserai un oral d'rattrapade. Réfléchille bien, ma poule. Quand l' destin frappe à ta lourde avec un bâton comme çui-là, si tu l'ouvres pas, t'es la reine des pommes !

Il réintègre « gros nounours » dans son entresol Renaissance, non sans humeur. Puis le barbu revient en agitant trois clichés photographiques tout frais.

— C'est pris à l'infrarouge, fait-il en les présentant à Bérurier, donc c'est un peu écrasé.

Le Mammouth examine les documents. Ils montrent le type de l'impasse en gros plan avec, à son côté, mais en léger décrochement, la femme.

L'homme a la trentaine, avec une gueule pas sympa. Il porte un imper clair à épaulettes officières. La fille pourrait être châtain ou rousse (semble-t-il). Elle bouffe la vie avec une bouche grande comme celle de Fanny Ardant peinte sans doute d'un rouge foncé. Elle a des yeux pâles, une gueule pétassière, les pommettes proéminentes. Elle est vêtue d'un manteau trois-quarts en fourrure.

— Bioutifoule boulot! apprécie le Gravos. Où l'aviez-vous-t-il logé, c't'appareil photo?

— Dans le capiton du couvercle; il se déclenche cinq secondes après l'ouverture du coffre, à raison d'un cliché par seconde. La lumière de la malle n'est plus branchée sur une batterie de 16 volts, mais sur un petit générateur à infrarouge logé dans la boîte à outils.

Ces explications font bâiller Béru que les techniqucs laissent froid.

— Merci, en tout cas, fait-il; j'croive qu'mon nouveau dirluche va t'êt' content.

Il rote en puissance sa choucroute du soir, saisit la main de l'hôtesse et, comme son mari a déjà gagné la cour afin de le raccompagner, la frotte sur sa queue toujours très présente en chuchotant:

— Comme vous le voiliez, on pense t'à vous! Alors, pensez t'à nous!

# CHAPITRE QUATRE

## À LIRE DEUX FOIS
## PLUTÔT QU'UNE !

Y travailler, c'est dur.
Mais y dormir ?
Hein, y dormir ?
Une de mes sottes idées. Une de plus ! J'ai décidé de
roupiller à la Grande Taule deux nuits par semaine.
Pour cela j'utilise le baisodrome du Dabe où, malgré
l'aération, restent concentrées en un cocktail olfactif
toutes les fragrances des plus illustres parfumeurs de
Paris. La pièce est toute petite : dix mètres carrés à
peine. Tendue de velours bleu Klein et meublée d'un
canapé aisément transformable en lit, recouvert de
velours rouge. Quand il est ouvert, les draps blancs
s'adjoignant au décor, tu crois dormir dans les plis d'un
immense drapeau français. Une petite penderie où se
trouve logé un réfrigérateur, plus une salle de bains de
cocotte, et voilà le nid d'amour paré. C'est le genre
d'endroit délicieux pour la baise de l'après-midi, quand
tu ramènes une sœur de chez *Lasserre* aux papilles
éblouies, mais pas conforme à un lieu destiné au
sommeil réparateur. Malgré la petite fenêtre ouverte
(qui donne sur la cour de l'usine Pébroque), j'étouffe.
Je me force toutefois à y passer la noye afin de mieux
m'incorporer à ma nouvelle vie de grand chef. Je suis le
commandant, tu comprends ? Il doit y avoir osmose

parfaite entre la formidable maison et celui qui la dirige.

Parfois, je me lève, vais lancequiner, bois un Coca *light* et pénètre dans le grand burlingue silencieux. J'aperçois les lumières de la ville à travers les grandes fenêtres ; j'entrouvre la porte matelassée donnant sur l'escalier et la rumeur de la boîte monte jusqu'à moi. Les sirènes, dehors, qui viennent mourir au sein de la bâtisse, les protestations des loustics qu'on propulse dans la cage à poules, des échanges de saluts entre mes hommes, réverbérés par la grande cage sonore, parfois une gueulée hystéro de femelle en rogne. La Poule, quoi !

Je me gratte les fesses. Je suis nu dans le solennel cabinet de « Môssieur le Directeur », because la chaleur du baisodrome. Je viens m'asseoir dans le nouveau fauteuil pivotant. Mes couilles se collent sur la surface lisse et fraîche et mon paf s'alanguit. Je le délaisse un chouïa depuis ma promo. C'est ça, gouverner, que veux-tu. L'homme suroccupé néglige le cul. Les honneurs engendrent l'impuissance, si tu n'y prends pas garde. Je vais devoir mettre le holà !

Je regarde la pendulette, sur le bureau. Elle indique trois plombes et vingt broquilles. C'est pas une heure, ça ; ni pour le jour, ni pour la nuit. Ça ne représente rien. Il s'agit d'un temps intermédiaire sans grande portée. Un moment de désœuvrance obligatoire qui permet du moins à l'homme de constater son insuffisance originelle.

L'envie me biche de filer un coup de turlu à Félicie. Mais ce serait charognard de la réveiller ; ensuite elle ne se rendormirait plus. Alors je renonce.

Le bristôl sur lequel Mathias a noté les indications concernant les meurtres de l'obsédé sexuel est toujours là, assez semblable à un menu de restaurant aux propositions alléchantes.

Je parcours la liste des trois pauvres prostituées flinguées de si horrible manière. La dernière (la nôtre, les deux autres appartenant à la province) tapinait à Maillot.

Qu'est-ce qui me prend, tout à coup, de me sabouler en vitesse ?

— Vous étiez ENCORE ici, monsieur le directeur ! s'exclame le planton en me voyant franchir le seuil de la Maison Gare-aux-Taches.

— Oui, mon bon, et je vais y revenir !

Le moteur de ma 500 SL émet son hennissement de joie. J'enclenche et la bête a un rush que je maîtrise aussitôt ; mais j'ai savouré cette poussée qui ne doit rien à Archimède et qui plaque ton dossard sur le cuir du siège.

Je suis la Seine en direction de Saint-Cloud. Mais ce n'est pas à la maison que je rentre. *Ô maison de ma mère ! Ô ma maison que j'aime.*

Quand je quitte la voie sur berge, les artères sont pratiquement désertes. C'est jouissif, Paris, quand il est vide. T'as envie de t'en goinfrer. Je champignonne un peu, pour renouveler mes chères petites poussées délectables. Panard de remplacement.

Maillot. J'enquille le sous-bois au ralenti. Des silhouettes font le pied de tu sais quoi ? De grue, mon pote ! Ma somptueuse tire les énerve. Ces dames pensent que le gonzier qui roule dans ce genre de tilbury doit avoir de l'osier plein ses boîtes à gants.

Je stoppe à la hauteur d'une nière en parka fourré et après-ski montants, coiffée d'une toque de fourrure blanche. Elle fait « Docteur Jivapa » pour noces et banquets.

— Tu m'emmènes, Chouchou ? demanda-t-elle après avoir inséré son minois tapé par la portière.

— Monte !

Elle se coule auprès de moi et glousse :

— T'en as une belle charrette, Chouchou !

Moi, s'il y a deux choses que je ne supporte pas d'une femme, c'est qu'elle ait ses ragnagnas et qu'elle m'appelle « Chouchou », et puis aussi qu'elle fume, mais à la rigueur, si elle possède un beau cul, je peux lui pardonner cette troisième infirmité le temps d'un coït.

— Y a longtemps que tu fais le truc dans le quartier ? lui demandé-je.

— Trois, quatre ans, pourquoi ?

Je tire de ma fouille un talbin jaune pisseux illustré d'un Pascal profondément perplexe, étant pris en train de phosphorer sec à propos de l'équilibre des liquides.

— Je préfère que tu me tailles une bavette plutôt qu'une pipe, lui dis-je en laissant tomber la coupure sur ses genoux.

Elle sourcille.

— Qu'est-ce t'entends par là, Chouchou ?

— Parle-moi de la môme Élise. Tu la connais puisqu'elle arpente le même bitume que toi. Élise Lalètra, la gagneuse d'Ali Ben Kalif.

Elle continue de me périscoper avec crainte.

— T'es un poulet ? demande-t-elle. Non, hein, un poulet ne file pas d'artiche aux filles, ce serait plutôt le contraire.

— Ce que je suis, crois-moi, t'en as rien à cirer, ma grande. Et rassure-toi, je ne suis pas là pour te faire du contrecarre.

La pute toquée hoche la tête.

— Justement, Lisa, ça fait deux soirs que je la vois pas et son melon la cherche ; il croit qu'elle l'a doublé et il parle de foutre le feu à Paris !

— Elle a des habitués ?

— On en a toutes ; un mec qui revient nous chercher, c'est déjà un habitué. Les hommes ont des lubies qu'on pige pas tout de suite. Un truc en nous leur a plu, sans qu'on s'en rende compte. Quelquefois c'est un slip brodé, d'autres fois c'est parce qu'on ressemble à une cousine qu'ils ont toujours eu envie de sauter. Si je vous disais, j'en ai un qui vient de Chartres tous les mardis juste pour que je lui entortille autour du paf, pour le pomper, ma petite chaînette d'argent supportant mon signe du Zodiaque qui est la Vierge. Dans la tronche que ça se passe, et pas ailleurs !

Une fille bien, décidément, qui a sa propre vision de la vie et des gens qui la pratiquent.

— Pour en revenir à Élise, ma jolie, t'aurait-elle parlé d'un micheton quelconque, du genre pervers, qui lui aurait demandé des choses très particulières ?

— Mais, mon pauvre Chouchou, des compliqués, des pervers, on ne pratique que ça !

Son pauvre Chouchou se retient de lui filer une tatouille sur le museau pour l'inciter à trouver un autre diminutif ou sobriquet. Mais tous ses clilles, elle doit les appeler Chouchou, histoire de mettre du liant dans les relations.

— La dernière fois que tu l'as vue, c'était quand ?

— Ben, y a trois jours. Oui : il pleuvait, y a même eu un orage de grêle, sur le coup de minuit et demi, on a dû se planquer sous l'abri de la R.A.T.P., là-bas... Un de mes habitués s'est pointé, il m'a chargée, et voilà ; je ne l'ai pas revue depuis.

Soudain, inquiète, elle me demande :

— Il lui est arrivé un turbin ?

— Du genre poisseux ! Un viceloque lui a vidé un chargeur de 9 mm dans la chagatte.

Elle blêmit.

— Oh ! mon Dieu !

— Je te le fais pas dire ! Vous vivez dangereusement, les filles.

— Comment ça s'est passé ?

— C'est ce que je cherche à établir.

— T'es un perdreau, alors ?

— Alors, oui.

— Et tu distribues des talbins ?

— Faut que tout le monde vive, ton temps est aussi précieux que le mien, et du moment que je dispose d'une caisse noire...

— Toi, alors, t'as pas le label du poulet ordinaire.

— Y a poulet et poulet, ma belle. Ceux de Bresse, sont meilleurs que les autres.

Je regarde devant moi, l'avenue déserte qui stagne dans des grisailles hachurées. Un Seurat !

— Un mec a chargé ta potesse. Il l'a drivée dans un endroit tranquille, a fait joujou avec elle, ensuite il lui a enquillé le canon de son arme dans le frifri farceur, et poum !

Elle frissonne à haute voix :

— Quelle horreur !

Je baisse un tantisoit ma vitre électrique, because le parfum patchoulesque de la pute. Elle renifle comme un mariage au Moyen-Orient.

— T'as école encore longtemps ?

Elle secoue la tronche négativement.

— J'allais fermer. Et puis après ce que tu viens de m'apprendre j'ai besoin de me refaire un mental. Quand Ali va savoir ça...

— Si on allait le lui dire ? On boirait un pot ensemble : je sens poindre un début de grippette et j'ai des idées de grog plein la tête !

Elle opine.


Tu dirais plus un ange qu'un barbeau, Kalif. Il a une belle gueule basanée aux yeux d'un bleu infini, des cheveux châtains frisottés. La vraie gueule d'amour. Feu Miss Élise devait s'en ressentir à outrance pour sa pomme. Jean et blouson de cuir noir doublé de

mouton ; il mesure son mètre quatre-vingt-quinze sans
grimper sur un tabouret.

On le trouve devant une bibine, en compagnie
d'autres Maghrébins au café *Du Carrefour*. Une musique arbi, aigrelette et nasillarde retentit en fond
sonore. Un immense poster représentant la casbah
tapisse le fond de l'établissement.

Tout ça est assez mélanco, parce que hybride.
Pourquoi il se casse le cul avec son nationalisme,
Nonoeil ? Pourquoi ressent-il l'étranger comme une
souillure ? Il a rien pigé ! Qu'on les laisse venir et
s'installer à leur guise, jamais la France ne deviendra
maghrébine, parce que c'est la terre qui fait les
hommes. En trois générations : gloup ! Absorbés, nos
petits crouilles. Français, fils de Gaulois ! Ramadan
mon cul ! Champagne pour tout le monde ! Coq au vin !
Le Chat Noir aura remplacé le tchador ! Ils seront
bretons, comme le Jean-Marie. Ils fêteront l'arrivée du
beaujolais nouveau. J'en connais des tombereaux : fils
et déjà plus français que toi. Assimilés à outrance.
Diplômés, techniqués. Tamanrasset ? Fume ! Ils préfé-
reront Dunkerque ! T'as oublié les bagnoles à kroum,
les syndicats, le club Med, la machine à laver, la bouffe
congelée, l'école laïque, la Roue de la Fortune et toutes
ces françaiseries amollissantes qui nous enveloppent de
graisse et de cholestérol. Voilà le mot clef lâché, on les
annexera par le cholestérol, mon vieux Cyclope. Ils
seront francisés grâce au cochon qui leur faisait si peur.

La copine d'Élise adresse un signe d'inintelligence à
Ali Ben Kalif. Elle et moi prenons place à une table
libre où le bel animal nous rejoint bientôt d'une
démarche ondulatoire. Avant de s'asseoir, il interroge
la fille d'un hochement de menton pour qu'elle lui
explique qui je suis.

— Monsieur a une sale nouvelle à t'annoncer, prévient la fée des neiges.

Je désigne à l'Arbi la chaise faisant face à la mienne.

— Posez-le là, grommelé-je, vous êtes tellement grand que vous me foutez le torticolis !

Mon ton péremptoire lui en impose. Il s'assoit.

— Sais-tu où se trouve l'institut médico-légal ? le cueillé-je-t-il à froid.

Ça me rappelle la blague du flic nouveau chargé d'aller annoncer à une dame le décès accidentel de son époux. Je te l'ai racontée ? Tu te la rappelles pas ? Alors c'est comme si elle était neuve.

Donc, le jeune flic, escorté d'un vieux, sonne chez la personne en question.

« — Bonjour, madame, on vient vous dire que votre mari est mort ! »

La malheureuse s'écroule, évanouie.

Le vieux flic engueule son jeune collègue :

« — Tu as de ces façons brutales ! Je vais te montrer avec quel doigté il faut présenter ce genre de nouvelles. »

Ils se rendent chez une autre dame dont le mari est également mort sur la voie publique.

Le vieux flic sourit à la personne qui leur ouvre :

« — Vous êtes bien madame veuve Dugenou ? »

« — Je m'appelle Dugenou, mais je ne suis pas veuve », répond la dame.

« — Qu'est-ce qu'on parie ? » fait le vieux flic.

Je m'inspire carrément du gag, tu vois.

— C'est quoi, l'institut médico-légal ? demande Ali.

— La morgue. J'aimerais que tu ailles y faire un tour pour reconnaître le corps de la fille Lalètra Élise.

Le mec, c'est pas un chaudron, espère. Tu crois qu'il marque de la stupeur ? De la colère ? Du chagrin ?

— À qui ai-je l'honneur ? me demande-t-il sobrement.

— Antoine San-Antonio, directeur de la Police judiciaire.

Et je dépose une carte toute fraîche sur le marbre.

— Le directeur de la boîte s'occupe des faits divers ? remarque l'ex-souteneur d'Élise.

— Violon d'Ingres, plaidé-je. Et puis, là, c'est beaucoup mieux qu'un fait divers, il s'agit d'un assassinat : un chargeur dans la connasse, et du gros calibre. Tu as habité Lyon, monsieur Ben Kalif ?

— Oui, pourquoi ?

— Et Bourg-en-Bresse ?

— Non, mais je connais. Pourquoi ?

— Je te le dirai peut-être bientôt.

— Mais putain, parlez net !

— On se calme ! laissé-je tomber sèchement. Ta petite « protégée » t'a-t-elle parlé d'un client bizarre qui l'aurait inquiétée ?

— Elle ne me causait jamais boulot.

Ce qui me plaît chez lui, c'est qu'il ne cherche pas à battre à niort. Il admet avoir été son souteneur et assume son rôle. En étudiant son beau visage à la fois mâle et chérubinesque, je me dis que de deux choses l'une : ou il ignore tout du drame, ou c'est lui qui a tué. Mais, franchement, il n'a rien d'un sadique.

Je bois trois grogs en compagnie du couple. La fille s'appelle Natacha, ce qui explique sa mise troïka-sur-la-piste-blanche.

Elle a les larmes aux yeux, à cause du décès tragique de sa camarade de ruban.

A un moment donné, Ali s'enhardit à poser sa main sur ma manche.

— Vous comptez retrouver l'assassin ? me demande-t-il.

— Je l'espère bien.

— Moi, en tout cas, je le retrouverai, et je vous

préviens, tout directeur de la Police que vous êtes, quand je lui aurai mis la main dessus, j'éviterai des frais à la Justice.

Son regard d'azur brille d'une étrange lueur. Il devait avoir un sérieux béguin pour sa gisquette !

Ils me regardent bouffer en silence, respectueux de ma mastication si auguste. Deux croissants croustillants dans du café noir bien sucré.

Il y a là Béru, Blanc et Mathias.

Je me sens vaseux à cause des grogs ! Rhum de mauvaise qualité. Comme quoi faut jamais s'alcooliser en milieu musulman, l'alcool, si je puis dire, c'est pas leur tasse de thé (à la menthe).

Au retour j'ai dormi comme : une souche, un loir, un sonneur, un sénateur. Heureusement que j'avais réglé mon radioréveil. C'est les cours de la Bourse qui m'ont fait déjanter. Chute continuelle de l'or. Le métal-refuge ? Mon zob !

C'est plus l'époque des terreux ! Tout leur foire entre les mains, à mes nabus : le prix de la viande sur pied, du blé, du beurre, de la betterave sucrière. Et jusqu'aux jaunets de leurs bas de laine qui foirent sucette, se dévalorisent à toute pompe because les Ruscofs qui bradent leur jonc pour s'acheter des blinis. Le péril jaune, on avait pas pigé : c'était pas les Chinetoques mais les louis d'or ! Depuis lurette, j'ai remarqué, on appréhende toujours à tort. On redoutait le communisme, et c'est le Sida qui déboule !

Je bouffe mon croissant ventru avec délectation. Le croissant, y a qu'à Paris, ou alors à l'Oustao de Baumanière.

Je leur dis :

— Moi, j'ai la bouche pleine, pas vous, alors parlez-moi ; vous ressemblez aux Rois mages en hypnose devant le petit Jésus. Des choses nouvelles à me bonir ?

— Mrrr ! grondent les trois compères.

— Alors au rapport ; à toi, Melchior !

Jérémie renifle, ce qui lui est fastoche avec des narines grandes chacune comme une cloche à fromage :

— Dans la soirée d'hier le dénommé Larmiche Joël, que tu avais relâché, a été tué à deux pas de son domicile. Une bagnole l'a écrasé contre une façade, délibérément, en s'y reprenant par trois fois aux dires d'une vieille concierge insomniaque qui a assisté à la scène depuis sa loge.

Je reste de marbre.

— C'est tout ?

— En ce qui concerne TON affaire, oui.

Imperturbable, je me tourne vers Mathias :

— Je t'écoute, Gaspar.

Le Rouquemoute se racle la gargane.

— J'ai procédé à un examen minutieux des vêtements de la fille Lalètra. D'après mes différentes analyses, il appert...

— De couilles ! place opportunément Bérurier.

Mathias a un haussement d'épaules méprisant et reprend :

— Il ressort...

— À boudin ! lance le Gros, très en verve.

Clapement de langue agacé de l'Incendié.

— Il est vraisemblable que cette femme n'a pas été tuée dans une voiture, mais sur un tapis chinois de médiocre qualité. On a traîné son corps sur ledit et ses vêtements sont constellés,dans la région du dos, de brins de laine teints. Cela dit, à l'autopsie, le médecin légiste a découvert que très peu de temps avant sa mort, la victime a ingéré de l'alcool de cactus connu sous le nom de tequila. Détail important, elle a bu cette eau-de-vie comme on la prend au Mexique, c'est-à-dire en accompagnant chaque gorgée de sel et de citron. Là-bas, les gens pratiquent de la façon suivante : ils tiennent un quartier de citron entre le pouce et l'index. À l'intersection de ces deux doigts, la peau forme une espèce de palme au creux de laquelle on place du sel de cuisine. L'amateur de tequila mord dans le citron, donne un coup de langue sur le sel et de sa main libre porte le verre à ses lèvres.

M. Blanc opine. Il dit :

— Conclusion...

— Intestinale ! jubile Alexandre-Benoît.

— Directeur ! gronde Jérémie, tu es obligé de te farcir et de nous imposer ce sac de merde, bien que tu sois directeur ?

Je souris.

— C'est Triboulet ! plaidé-je.

— Et toi, tu es François I$^{er}$ ? ironise le Noirpiot.

Je hausse les épaules.

— Continue ! Tu disais ?

— Je disais que Mathias dépose un élément capital dans la corbeille de mariage : le meurtrier est mexicain ou a vécu au Mexique.

— Tu sais, d'autres personnes que les Mexicains sont au courant du petit cérémonial de la tequila. Ainsi, moi, je le connaissais.

— Tout de même...

— Savez-vous l'idée qui me vient ? propose Xavier Mathias.

Et comme notre silence est un encouragement, il expose :

— Et si l'assassin était un travelo sud-américain qui entreprend une croisade contre les putes traditionnelles ?

On étudie sa suggestion. Elle est valable. Pourtant elle ne me séduit pas.

— Tu vois un travelo embarquer une pute, toi ? objecté-je.

— Ils pourraient être copains ?

Je fais la moue : je ne suis pas très preneur.

— À toi, Balthazar, de déverser le contenu de ta hotte.

Tu penses qu'il n'attendait que ça, l'Hénorme. Et comme il est fier de se produire en vedette ! Il prend son temps. Fait des vocalises par le haut et par le bas. Réussit même une note voisine du contre-ut avec son anus. Son besoin d'auto-bruitage est tel qu'il va jusqu'à faire craquer toutes ses phalanges à la fois pour accompagner une salve de pétounets.

En termes précis, quoique fleuris, il raconte sa surveillance dans l'impasse du sculpteur. La manière aisée dont il embroque l'épouse dissipée de l'artiste ; la survenance en cours d'action d'un couple motorisé qui se met à explorer la tire du « dillinger ». L'homme et la femme repartent, bredouilles, sans s'être aperçus qu'ils viennent d'être photographiés en plan américain.

Béru sort des images de sa poche. Il les a pliées en deux pour pouvoir les y loger et c'est une monstrueuse connerie de plus à son actif, car ça fout des balafres sur les gueules.

Le roi Mathias s'emploie à redonner une cohérence aux clichés endommagés. Tout en s'activant, il examine le couple.

— Je connais l'homme, assure-t-il. Tu permets, directeur, que je monte aux sommiers avec l'une de ces images ?

Geste autorisateur du DIRECTEUR.

Il sort.

Je me sens curieusement investi. Puissant, serait le mot juste. Je pige lentement l'effet que produit ce bureau directorial sur celui qui l'occupe. Un commandant sur sa dunette ! Quant tu es ici, t'as plus besoin d'être soutier, de t'affairer dans les coursives, de repeindre les canots ou la coque, tout baigne. T'as juste à convoquer, à juger, à questionner, à déléguer. Tu es le remontoir d'une immense horloge, à toi de bien te gaffer qu'elle indique l'heure juste.

J'allonge mes mains sur le burlingue, comme le faisait Achille. Je soupire, d'un ton détaché :

— Question !

Les deux autres, kif des clébards chasseurs, lèvent une patte de devant et tirent leur langue frétillante.

Je reprends :

— Question ! L'homme qui a écrasé Larmiche contre un mur est-il le même que celui qui est allé fouiller sa bagnole un peu plus tard ?

— Je ne le pense pas, rétorque l'Ange Noir. Si c'était le cas, il serait allé à l'auto aussitôt après l'assassinat. À quoi bon attendre ? Une fois la mort de Larmiche découverte, la police risquait de s'occuper de sa tire.

— C'est la vieille pipelette qui a donné l'alerte ?

— Non : un gars qui rentrait chez lui à une heure avancée.

— Pourquoi la vioque n'a-t-elle rien dit tout de suite ?

— Elle prétend avoir eu peur. C'est une vraie vieillarde, tu sais, et elle n'a pas le téléphone dans le gourbi lui servant de loge.

— Elle a pu décrire l'auto meurtrière ? Je ne parle pas du numéro minéralogique, ce serait trop beau.

— Rien ! Pour elle, toutes les bagnoles se ressemblent, qu'elles soient grosses ou petites ; je me demande même si leur couleur constitue à ses yeux un signe distinctif.

— Tu es allé enquêter personnellement, malgré tes hautes fonctions ?

Il marque une légère gêne :

— Je savais que l'affaire te tiendrait à cœur. Et puis j'ai besoin de prendre l'air...

— C'était comment, la réception d'hier soir ?

Il répond par une grimace à mon sourire ironique.

— Exactement comme tu l'imaginais, en plus chiant encore : plus les gens sont « haut placés », plus leur connerie est évidente. Je ne comprends pas que jamais un régime totalitaire, usant de son pouvoir discrétionnaire, n'ait prohibé la connerie.

— Il ne pouvait prendre une telle mesure, étant con lui-même !

— Dommage. J'imaginerais volontiers des camps de cons ! Et ils devraient porter obligatoirement un « C » rouge sur la poitrine pour être identifiés illico, sans qu'on ait à leur parler.

Bérurier hoche la tête :

— Il s'y croive déjà, ton mâchuré, d'puis qu' tu l'as donné des charges honorifiantes ! Si on lui laisserait l'pouvoir, tu verrais la manière qu'il nous dorcerait !

Je l'écoute distraitement, vu qu'une alchimie intéressante s'opère sous ma coiffe. Mathias revient déjà, une de ses chères fiches en main.

Il récite, par cœur :

— Lugo Lugowitz, sujet lithuanien, a travaillé deux ans à l'ambassade d'U.R.S.S. à Paris avant de se faire expulser à la suite d'une affaire de vol de documents. Son pedigree, d'après ce que nous en savons, est assez chargé : soupçonné de meurtres en Italie, d'actes terroristes à Bruxelles, de vols à main armée à Madrid, c'est un client assez spécial, comme vous le voyez.

Mon téléphone intérieur grésille. C'est Violette, ma « conseillère privée ». Pas joyce. Elle bougonne :

— Je vois qu'il y a conférence au sommet pendant que je me vernis les ongles dans un bureau à peine aéré !

Tiens, je l'avais oubliée, cette commère !

— Arrive !

Elle se présente, *very bioutifoul,* avec une jupe marine et une veste rose cerise. Maquillée soigné, pompes de chez Stephane Kélian. La classe.

Elle salue gravement l'assistance, bien qu'elle ait sucé rigoureusement tous les présents et dérouillé leurs mandrins dans la barbichette.

— Tu veux qu'on te résume, ma biche ?

— La phonie de nos deux bureaux était restée branchée, élude-t-elle.

J'enregistre. Faudra que je me gaffe, à l'avenir. Je déteste qu'on m'espionne.

— En ce cas, tu as des remarques à faire ?

— Je les proposerai le moment venu, monsieur le directeur.

Je lui adresse un signe de « comme-tu-voudras ». La môme, pas bégueule, se dépose sur un coin de ma table, la jupe retroussée, et la température de mes trois mousquetaires grimpe illico d'un bon degré. Violette, classe ou pas, faut qu'elle déballe ses charmes secrets quand elle se trouve en compagnie. Elle ne se pardonnerait pas qu'un gonzier puisse quitter la pièce en étant incapable d'annoncer la couleur de son slip. Aujourd'hui, ce dernier est bleu avec un liseré de fine dentelle blanche. Très rare ! On apprécie.

Je pertube le sortilège :

— Bon, écoutez, les gars, on triquera plus tard. Pour l'instant il s'agit de faire le point. À première vue, cette affaire se divise en trois parties. Primo : un crime de sadique, répétitif puisqu'on en est au troisième meurtre connu. Secundo : une affaire de stupéfiants. Tertio : une ramification X avec l'entrée en scène d'un malfaiteur de classe internationale.

— Tu veux qu'j'te dirais ? attaque Bérurier.

— Pas nécessairement, Gros.

Mais il est parti et le dit quand même :

— La folie, c'est d'avoir relâché ce Larmiche de mes deux ! J'l'eusse travaillé à mon idée, y s' mettait à table. Au lieu d'ça, môssieur l' direqueteur le congédie av'c un baisemain. Et conclusion, on est niqués, le dillinger se fait aplatir comme un' pizza, et pour en savoir plus, faudra consulter un' estraluciole !

La colère de Béru s'auto-alimente. Le temps de respirer et il éclate, violacé comme une bite en turgescence :

— Bonté divine, Viovio, cache ton piano, qu'autment j'réponde plus d' rien. A m'fout un' chopine d'ours, c'te greluse à nous déballer sa rôtissoire ! Qu'on lui voye jusque z'aux crins ! Tu d'vrais t'élaguer un peu la moniche, ma gosse : t'exubères d'trop du poilu d' Verdun ! Va faudre te cloquer des grosses pinces à cheveux dans la cressonnière, si on voudra baliser ton parcours du combattant. T'as beau te teindre en blonde, ton jardin botanique annonce ta vraie couleur qu'est l'roux ardent ! N'a côté d'ton crépu, la tignasse à Xavier ressemb' à d'l'or infusion. C't' marotte d' déballer sa chatte à tout un chacun ! Ton rêve, c's'rait d't' tenir à quat' pattes dans une vitrine, le dargif pointé vers l'estérieur !

L'intrépide Violette lui virgule une œillée méprisante.

— Il grossit mal, ce goret ! décrète-t-elle. Dites-lui de la fermer, patron, qu'on puisse penser tranquillement.

Patron ! À moi ! Je suis tenté de me retourner pour m'assurer qu'il n'y a personne d'autre dans mon dos.

— L'heure de la récapitulation a sonné, dis-je.

Je me renverse contre le dossier du fauteuil-trône, croise mes mains sur mon ventre et me mets à contempler le plaftard.

— Tu vas faire la script-girl, Violette, et noter au passage les points forts de mon résumé. Un sadique tue (pour la troisième fois) en tirant dans le sexe d'une pute. Pour se débarrasser du cadavre, il le place dans le coffre de la bagnole de Larmiche. Connaît-il ce dernier, ou a-t-il agi au hasard ?

La main branleuse de Violette caresse la feuille de mon bloc, la couvrant de caractères relâchés.

— T'oublilles qu'c'est p't'être Larmiche l'assassin, acharne le Gros. D'marchand d' came à tueur, y a pas loin !

— Inscris l'interruption de Watson, Violette, ordonné-je.

Et je repars :

— Le *dealer* qui était surveillé par nos services se fait serrer au moment où il vendait sa marchandise à des lycéens. Nos confrères des Stups découvrent le cadavre de la dénommée Élise Lalètra dans la tire du gars.

« Le mec, interrogé par nos soins, nie être le meurtrier de la prostituée et prétend ignorer la présence de son corps dans sa charrette. Quelque chose me donne à croire qu'il est sincère et je le relâche afin d'étudier son comportement. Il ramène sa voiture dans l'impasse privée où il la remise. Béru la lui emprunte afin de la faire équiper d'un gadget. Il s'agit d'installer un appareil photo secret dans le coffre. Pourquoi ? Parce que je me suis dit que, rien ne se produisant, le meurtrier se demandera si le cadavre a été découvert et voudra vérifier la chose.

« En regagnant son domicile qui se trouve à deux pas, Joël Larmiche est trucidé de propos délibéré par un mystérieux automobiliste.

« Nota : s'agit-il d'un règlement de compte ? Ses « employeurs » de la filière « came » ont-ils su qu'il avait été interpellé, conduit à la Grande Maison, puis relâché ? Possible. Qu'ils veuillent s'assurer de son silence paraît logique.

« Quelques heures à peine après la mort de Larmiche, un couple arrive dans l'impasse qui servait de garage à Larmiche et d'alcôve à Bérurier et se met à fouiller l'auto. Ce n'est pas le cadavre de Lalètra Élise qu'il cherche puisque ces deux mystérieux personnages inspectent l'habitacle et regardent sous les banquettes avant d'ouvrir le couvercle de la malle arrière. Alors quoi ? De la came ? S'agit-il d'un autre département de la filière à laquelle appartenait « Tarte aux fraises (des bois) » ? On pourrait admettre qu'il existe une section « règlements de comptes » et une section « récupération ».

« Ce qui est troublant, c'est que le dernier type, ce Lugo Lugowitz, identifié par Mathias, est un seigneur de l'action directe ; il ne travaille pas dans la bricole, lui. Voyez-vous, mes drôlets, selon moi, là réside le vrai mystère. »

— Somme toute, note Jérémie, ce Joël Larmiche est un type beaucoup plus mystérieux qu'il n'en a l'air.

Exultation fiévreuse du Féculé.

— Ah ! t'vois, Tonio ! Même un nègre pense comme moi ! On a laissé passer l'heure av'c cézigue. Fallait y écraser l'museau, y arrachecher les burnes, y brûler la plantigrade des pieds !

— O.K., on lui écrira tout ça ! fais-je. Maintenant, quelqu'un a-t-il une suggestion à formuler concernant la suite de l'enquête ?

Jérémie lève le doigt.

— Oui, Blanche-Neige ?

— Rue du Poteau-Rose, fait-il laconique.

— Développe !

— Il conviendrait d'enquêter auprès du sculpteur et de sa femme pour savoir s'il y a eu des allées et venues autour de la voiture de Larmiche ces derniers temps. De même, il conviendrait d'aller à son domicile pour parler avec ses familiers.

— C'est ce que je comptais faire, assuré-je. Toi, va avec Bérurier dans l'impasse, puisqu'il est introduit auprès de l'épouse du Rodin de Belleville. Et toi, Mathias, j'aimerais que tu interviewes la vieille concierge que Jérémie a déjà rencontrée.

— Elle n'a rien de plus à déclarer, assure M. Blanc piqué.

— Probablement, mais deux interlocuteurs valent mieux qu'un seul !

— Et moi, demande âprement Violette, je continue de me faire les ongles ?

— Non, j'ai même un boulot délicat à te confier ; je t'expliquerai de quoi il retourne après le départ de nos amis.

Le Gravos ramasse son bitos sur le parquet ciré.

— Si qu'on serait d'trop, gêne-toi pas pour nous l'dire, raille l'Obèse.

Ils sortent, pensifs. On arrive mal à se faire au nouveau climat consécutif à mon irrésistible ascension. On est comme empêtrés dans du sirupeux. Ça fait comme si nous avions perpétré quelque chose de honteux, tous, du moins de pas glorieux. À escalader l'échelle sociale, on finit par manquer d'air.

On reste emberlificotés dans un silence de gueule de bois, Violette et moi.

Elle finit par demander :

— C'est vrai que vous avez du travail à me confier ?

— Tout ce qu'il y a de vrai.

— J'aurais plutôt cru que vous aviez envie de baiser. Il y a une curieuse lueur dans votre œil.

— L'un n'empêche pas l'autre.

— Pour moi, ça devient intenable, assure-t-elle. Vous me laissez prendre l'initiative ?

— Fais à ta guise.

— Surtout, ne bougez pas !

— Je m'en garderais bien !

L'Excitée s'approche et s'insinue entre mon fauteuil et le bureau. Elle trousse gentiment sa jupe à plis et s'assied sur le sous-main de cuir (Cordoue, pour son corps fou).

Elle a une agilité simiesque, la gueusette ! Pose chacun de ses pieds sur mes accoudoirs, puis, nonobstant l'inconfort, se penche pour s'attaquer à ma braguette qui n'a jamais été l'une des grandes places fortes de l'Histoire. Elle préambule par des caresses, du dos de la main, manière d'éveiller l'éventuel dormeur ; mais il y a longtemps que le bonhomme en bois des Galeries Tâte-fesses s'énerve dans son gîte.

— Si tu continues, l'extraction deviendra difficile, l'avertis-je (tige).

— C'est cela que je veux.

Tu vois, c'est une vraie salope, une scientifique du radaduche. Elle m'obtient le pic d'Aneto en moins de temps qu'il n'en faut à un radar pour prendre ta photo de dos au volant de ta tire quand tu roules à deux cents pour épater une frangine.

Ensuite, elle entreprend de me la déharder. Opération laborieuse, la bête se montrant rétive, fière et dominatrice ; mais Violette possède une technique à toute épreuve. Elle engage sa main par l'échancrure de mon décolleté pour empoigner Mister Ziffolo au raz des moustaches. Son avant-bras plaqué contre le personnage, le protège d'éventuelles éraflures pouvant consécuter de la fermeture Éclair. Voilà le petit ermite à l'air, ébloui par la lumière, déconcerté et dodelineur.

Alors satisfaite, l'exquise dompteuse prend du recul pour contempler cette réussite absolue de la nature qu'est mon paf. Ses lignes aérodynamiques, sa grâce son maintien, sa nonchalance naturelle, ses mouvements de dandy la fascinent.

Au bout d'un moment d'enchantement, elle murmure :

— Voyez-vous, monsieur le directeur, il en est de plus forts, il en est de plus longs, mais aucun qui possède cet aspect appétissant. Votre membre est denrée comestible avant tout. Et puis il est harmonieux. Tout sexe masculin bandant exprime naturellement la virilité, pourtant le vôtre comporte un *must*. Il est... sexy. Oui, vous possédez un sexe sexy, et je vais vous faire une confidence : c'est rarissime. Il en est tant et tant de rougeauds, de balourds, d'arqués, de fripés, de violacés ou de grisâtres, de sinistres, d'étiques, d'informés, de minuscules, de tristets, de ridicules, d'écœurants ! Oh ! oui, monsieur le directeur : d'écœurants ; ça, surtout ! Leur propriétaire vous supplie de le sucer, alors, parce que vous vous êtes placée dans cette situation et que vous êtes bonne fille, vous faites droit à sa demande. Et vous voilà avec un paquet de couenne crue dans la bouche, désemparée, haïssant cette soif d'amour qui vous a conduite à ce traquenard ! Tandis que là, oh ! le bonheur simple et tranquille ! Cet équilibre ! Cette harmonie ! Vous avez un vit en vie ! Sobre, sûr de lui, vibrant, fabuleusement présent. Un membre actif, si j'ose dire, mais actif dans la joie. Pas un braquemard de soudard ; c'est le sexe enjoué de Bel-Ami. Je vais au bout de ma pensée ? Cette queue est française, monsieur le directeur ; typiquement française. Elle s'écoule mais ne tarit pas ! Elle donne faim. Elle chante au ventre. On voudrait s'endormir joue contre joue avec elle.

Épuisée par sa diatribe, elle se tait, avance ses mains jointes sur Gentleman Jim. Les deux proues de ses menottes se disjoignent pour cueillir la belle zézette en sandwich. Elle garde ses paumes bien à plat et se met à exercer un lent mouvement de tréfilage qui me donne l'impression d'allonger mon pénis. Sensation délicate.

Violette me sourit béatifiquement (1) en exécutant cette suave manœuvre. Ah ! l'altruiste enfant ! Comme on sent qu'elle aime dispenser le plaisir, plus encore que le recevoir.

— Êtes-vous capable de me donner vos directives, tout en subissant mes entreprises, mon directeur aimé ?

— Je vais essayer.

Et alors, tandis qu'elle me malaxe, me cigarille, me fellationne, me pelote-basque, me lubrifie, me frétille sur la veine bleue des Vosges, je lui expose mon plan, calmos, par le menu. Bien qu'une personne de bonne éducation ne doive pas parler la bouche pleine, elle m'exprime son intérêt, par des affirmations, des onomatopées, des bouts de phrases baveuses.

Avant d'atteindre la fin de mon propos, sentant la douce mort venir et soucieux de ne pas succomber en égoïste, j'émets l'intention d'ôter son inestimable slip pour, aussitôt après l'installer à califourchon sur mon plantoir ; mais elle s'y refuse.

— Non, non, continuez de parler, je suis en train de mémoriser ce que vous me dites et ne peux, de ce fait, prendre le risque de manquer le plus important de votre discours par suite d'une pâmoison. Abandonnez-vous sans scrupule, monsieur le directeur, si j'ose dire, c'est ma tournée !

Au plus fort de « La Flûte Enchantée », inspirée du

----

(1) Je ne peux participer à une émission littéraire sans entendre baver sur l'adverbe. Hier encore, un docte disait, parlant d'un livre, qu'il était écrit dans une langue très pure : sans adverbes ! Tu connais la définition du mot ? « Adverbe : mot invariable qui modifie le sens d'un verbe, d'un adjectif ou d'un autre adverbe. » Pourtant, l'adverbe c'est la poésie de la phrase. Je suis éperdument adverbiste car, pour moi, une littérature sans adverbe, est une cuisine sans sauce ou une femme sans poils !

San-A.

grand Mozart, je me défargue de ma cargaison en réussissant l'exploit stupéfiant de continuer mon exposé sans faiblir de la voix. Prise au dépourvu, Violette échappe de justesse à un début d'asphyxie.

Mais en brillante amoureuse, rompue aux joutes les plus subtiles, elle parvient à restituer à ses cordes vocales leur liberté d'expression.

— Bravo, dit-elle, c'est une grande première pour moi !

— Question de volonté, dis-je. As-tu bien assimilé mon plan d'action ?

— Votre plan... et le reste, assure cette efficace collaboratrice à nulle autre pareille !

# ENTRELARDAGE

*Il est curieux de constater que nos actes les plus secrets, que nous accomplissons dans la solitude, ont parfois des témoins que nous ne soupçonnions point. Faut-il voir dans ce phénomène l'expression d'une autorité supérieure ? Et si oui, cette expression a-t-elle pour but de nous mettre en garde ou de nous châtier ?*

Pach remit en place le capuchon de son stylo et relut sa note. Son cahier quadrillé touchait à sa fin et il lui faudrait bientôt en prendre un autre. Il ne se faisait guère d'illusion sur le devenir de son journal. Cette littérature privée (en existe-t-il qui le soit vraiment ?) n'avait aucune chance d'être publiée un jour.

Et d'ailleurs, qui intéresserait-elle ?

Il ferma le cahier en soupirant et le glissa dans le tiroir de son bureau à cylindre. Comme il avait du temps devant lui, il ramassa le journal qui gisait sur le plancher, « mort d'avoir été lu », et examina la photographie qui s'étalait à la une. Celle d'une femme au visage assez marqué, exagérément peint, coiffée d'une toque de fourrure.

Il la connaissait pour l'avoir examinée plusieurs fois à travers les vitres embuées de sa voiture. La dernière fois, il avait presque failli « la choisir » ; il s'en était fallu d'un rien. Au moment où il allait l'aborder, un autre affamé s'était arrêté devant la fille, au volant d'une ancienne Jaguar de couleur lie-de-vin. La femme à la toque était montée à son côté, en fait de quoi Pach avait jeté son dévolu sur une autre putain qui, tout compte fait, l'inspirait davantage.

La vie se montrait stupide ; « après », on appelait ses errements « le destin », mais tout ça n'était qu'une somme de hasards enchevêtrés.

# CHAPITRE CINQ

## DONT TU ME DONNERAS DES NOUVELLES!

Ils sont pas croyables, les gens. Ils passent leur vie à réclamer des choses, et quand ils ne demandent rien c'est parce qu'ils sont en train de faire une connerie.

C'est ça, très exactement, que je me raconte en lisant le journal. Sur les baveux, plus encore qu'à la téloche, tu as le temps de bien comprendre l'à quel point ils sont fumiers, les hommes. Pernicieux de partout, véreux, foireux, requins !

Je balance mon baveux à l'arrière de ma tire car ce que j'attendais arrive : en l'occurrence l'enterrement de Joël Larmiche.

Rien des funérailles de Montand, qui ressemblaient à une parade du cirque Barnum, avec l'affiche du héros sur le corbillard ; que moi, franchement, en voyant ça, j'ai eu honte jusqu'au fin fond de mon trou de balle. Me disant qu'où donc l'indécence s'arrêterait ? À toujours reculer devant le show-biz, la pub, le m'as-tu-vuisme.

Tu vas voir que, quand je vais déposer mon bilan, ils colleront les couvertures de mes *books* sur le fourgon mortuaire, en lâchant des ballons rouges et en lançant à la foule des petites culottes fendues. Des haut-parleurs annonceront que « la vente continue » dans toutes les bonnes bibliothèques de gare et les librairies pas bêcheuses.

Dans le fond ça fera kermesse, ce sera joyeux. Rien

que mes titres, déjà ! Devant le cimetière y aura une
pièce de beaujolais (de chez Pivot) à la disposition des
soiffards et, si mes ayants droit sont à la hauteur, ils
payeront des pipeuses en caravane pour astiquer les
tiges de mes potes éplorés, après le funéraire, les
replonger rapidos dans la vie, que leur zob aussi ait la
larme à l'œil !

Or donc, voilà le convoi du « dillinger ». Un fourgon
bordeaux suivi d'une petite bagnole, et point à la ligne.
Je quitte ma 500 SL pour filocher les arrivants. Ils
cahin-cahatent dans l'allée centrale du petit cimetière
de Gazon-sur-Yvette, d'où, je suppose, les Larmiche
sont originaires (à moins que ce ne soit du côté de la
mère). C'est une drôle d'idée que j'ai eue de vouloir
assister à cet enterrement ! Ça fait bateau ! Film policier
des entre-deux-guerres. Mais là, le cérémonial est
rapide : y a pas de curé. Pourtant ça fait bien, un
prêtre, devant une tombe pour l'ultime goupillance, la
dernière prière. On le flanque dans un trou et on prie
pour qu'il aille au ciel !
Les croques sautent du fourgon. Bonnes bouilles
vernies au sancerre ou au côtes-du-Rhône. S'occupent
de sortir le meuble, un beau coffiot de chêne, s'il te
plaît ! Poignées bronze. Pas de crucifix sur le couvercle ;
décidément, on est agnostique, chez le *dealer*.
Deux fossoyeurs du village s'annoncent ; gros pulls
dépenaillés, galoches, casquettes, et prêtent tu sais
quoi ? Main-forte !
Je vois alors descendre de la funèbre carriole une
grosse femme mafflue, au teint jaunasse et à la moustache grise, assistée d'un julot mince, grand, élégant et
à ce point pédé que lorsque son giton lui pose un lapin,
il doit s'asseoir sur les bornes d'incendie pour se
compenser le manque.

Les deux pleurent comme vache qui pisse en tentant de s'entre-réconforter.

De la petite bagnole suiveuse est sortie une personne entre deux âges (mais, comme disait Jules : plus proche du second que du premier). Du maintien. De la dignité. Elle reste un tantisoit à l'écart.

L'opération mise en terre se fait en silence. On perçoit des chocs, un ordre quand c'est nécessaire. Il fait gris et froid. Je ne regrette pas d'avoir mis mon pardingue en cachemire, doublé cachemire, de chez Zilli. Col de castor ! Il m'a offert ça en plus parce qu'on s'aime bien, Alain. Un prince de la fourrure ! Tous les morninges, la mère Bardot perce sa photo à coups d'épingle et récite des incantations bien funestes ; il est en tête de ses listes, tu penses, avec la qualité qu'il pratique !

Et donc, ma pomme, bien au chaud dans mon Zilli (c'est pas de la pube, *Achtung !* je broute pas dans ce genre de gamelle ; c'est uniquement de la tendresse), moi, donc, peinard, j'assiste à l'empotage de « Tarte aux fraises (des bois) ».

Les Pompes, qui font bien les choses, ont apporté des roses que les quatre assistants (dont je suis) lancent sur la bière pour faire plus « Folies-Bergère ».

Maintenant, faut que j'ouvre une parenthèse pour te dire que, nonobstant mes intentions premières, je ne suis pas allé enquêter au domicile de l'écrabouillé. Une idée, comme ça... Pas plus biscornue que les autres, mais pas moins ! Je réservais le contact pour les funérailles.

Tu me demanderais de t'expliquer mon cheminement mental, j'en serais incapable de fond en comble. Mes impulsions sont reines. Je leur ai toujours fait confiance. Ce sont elles qui différencient un vrai flic d'un fonctionnaire de police.

Les quatre roses gisent au fond du trou. Mais la maman et le giton s'attardent au bord de leur chagrin, sans tenir compte des fossoyeurs qui se gèlent les couilles en attendant de pelleter.

Je m'approche de la dame guindée.

— Vous êtes une parente ? murmuré-je, la voix déjà mouillée à toutes fins utiles.

— Grand Dieu non !

— Une amie ?

Elle me regarde pleins phares et je vois une lueur implacable dans les prunelles de la personne.

— Encore moins, dit-elle : je suis une ennemie.

Et comme je sourcille :

— Cette crapule est responsable de la mort de ma fille, décédée d'une overdose. Marianne était une enfant adorable, intelligente et jolie. Un jour, l'homme qui gît dans ce trou lui a proposé de la drogue et ça a été la glissade. J'avais toujours voulu venger ma fille. Mais je n'ai rien fait. En apprenant sa mort j'ai décidé d'accomplir l'ultime chose que je pouvais encore faire pour la mémoire de Marianne : le voir descendre dans un trou où il va pourrir !

Inclination de tête.

L'étrange dame s'éloigne et regagne sa voiture dont, par réflexe, je note le numéro.

Maman et le pédoque continuent de bieurler au chagrin.

Moi, je m'approche des employés des Pompes et leur file un bifton couleur d'omelette norvégienne dégueulée.

— Vous pouvez rentrer, messieurs, je reconduirai Mme Larmiche et sa belle-fille chez elles !

Les braves gens ne se le font pas répéter et jouent cassos.

Au bout d'un moment, le couple en peine finit par

s'arracher au trou noir. Il regarde autour de lui, ne voit plus le fourgon, pense qu'il est sorti du cimetière et les attend à la porte. Il s'y dirige, moi au train.

Mais une fois dehors : zob, zob ! *Nobody*. Ces salauds de croque-morts ont mis les adjas. Y a eu confusion. Et les voilà sur la touche, les deux pleureurs. Paumés dans les rurales froidures de Gazon-sur-Yvette, loin du village car tu sais combien, en France, on a tendance à expédier les défunts chez Plumeau ! Dans la plupart des autres pays, on les enterre autour de l'église. Chez nous, basta ! Ils vont confectionner de l'humus au-delà des champs de betteraves, qu'on puisse les oublier tranquillos.

Chiquant le bel indifférent, je m'approche de mon bolide. Alors la fiote de feu Joël Larmiche s'enhardit :

— M'sssieur ! M'sssieur !

— Oui, mademoiselle ?

Il ne relève pas. Au contraire, ça le fait bicher comme ce délicieux chiot que le grand Roger Peyrefitte sodomisait de son médius princier (1).

— Le fourgon est parti sans nous, auriez-vous l'amabilité de demander au village qu'on nous envoie un taxi ?

— Vous allez à Paris ?

— Oui.

— Moi aussi. Je vais vous emmener. Les « deux plus deux » étant ce qu'elles sont, vous ne serez pas très confortable derrière, mais souple et mince comme vous êtes...

Et voilà qu'on s'installe. La grosse vieille passe devant. Elle pue la pisse et le tabac froid. Me remercie de mon obligeance, puis me demande qui je suis pour venir aux funérailles de son pauvre Joël. Elle enchaîne

---

(1) C'est pas moi qui l'invente, c'est lui qui l'a dit !

San-A.

avant que je lui aie répondu, savoir si ça me gênerait qu'elle fumât. Tu parles que ça me gêne ! Nez en moins, je lui réponds que pas du tout. Alors elle sort un cigarillo noirâtre de son réticule et le combustionne à l'aide de mon allume-cigares (six gares). En moins de jouge j'ai l'impression de faire un reportage dans une taverne jamaïcaine.

Pendant qu'elle nous pollue, je lui explique comme quoi je suis le professeur Fursteinberg de l'hôpital Macheprot et que depuis deux ans je soigne son Joël.

Elle avale la fumaga de sa queue de rat.

— Il était malade ?

— Très, fais-je, mais c'était un garçon stoïque qui gardait secrètes ses misères physiques. Maintenant qu'il n'est plus, je suis délivré du secret professionnel ; je peux donc vous dire que votre fils était atteint du Sida.

Couinement à l'arrière ! Mam'zelle Chochotte qui défaille en apprenant une aussi cruelle nouvelle. Ainsi, il se faisait taper dans la lune par un mec contaminé ! Du coup son chagrin immense fait place à un ressentiment bien plus grand encore. Il se met à injurier le mort. À le traiter de criminel, de salopard, de pourri ! Et des tas d'autres mots qui lui déferlent du bec, au minet. La mère, outragée, s'emporte ! Elle entame la croisade des invectives à son tour, qualifie le petit danseur de lopette, d'enculé, de trou duc faisandé, de sale vermine ! Lui dit qu'il prenne ses robes et aille se faire miser ailleurs ! Dans un sens, elle est un peu réconfortée, la Larmiche, d'apprendre que son garnement était zingué de toute manière, que son assassinat lui aura épargné une longue et pénible agonie. On s'accroche à n'importe quoi dans de tels cas.

Moi, je savoure en gourmet l'effervescence produite par mon paveton dans la mare. Faut pas grand-chose pour modifier le comportement de quelqu'un.

Je les laisse s'épuiser en insultes fracassantes.

Le petit Bichet finit par éclater en sanglots et me
supplie de le soigner. Je lui rétorque qu'impossible. Je
ne soigne jamais les deux protagonistes d'un couple
d'invertis. C'est contraire à ma déontologie. Là-dessus,
la mémère qui pue émet l'hypothèse que c'est sûrement
« Friandise » qui a filé la méchante poivrade à son
garçon !

Il a une gueule de chtouillé, ce petit con ! Blanc
comme endive, toujours enrhumé : comment n'y a-t-
elle pas pensé plus tôt ?

L'autre est effondré. Le climat s'épaissit.

Parvenus rue du Poteau-Rose, dame Larmiche me
presse de monter à l'apparte pour un cordial. Il faisait si
froid dans ce cimetière ! Elle est partante pour un vin
chaud, un vrai, de sa composition. Mais attention : pas
le premier picrate venu ! Elle réprouve les gens qui,
sous prétexte qu'on sucre et chauffe ce breuvage
utilisent du jaja d'épicemard. Elle, elle emploie un vrai
bourgogne : chambertin de préférence. Quelques ron-
delles d'orange, une pincée de poivre, une autre de
cannelle, beaucoup de *sugar* ! Faut pas que ça bout,
sinon ça dégaze le vin. Il perd son arôme, ses vertus.

Le logement est moyen, tout petit-bourgeois, médiocre et malodorant. On y trouve des meubles de famille
philippards, des tapis exténués, des tableaux à chier,
des « bronzes en plâtre », des abat-jour en perles.

Elle se dépouille de son voile et de son manteau,
répète à la lopette qu'elle doit vider les lieux. « Friandise » pousse des cris d'orfèvre. Supplie qu'on le garde !
Moi, ils finissent par me déburner, avec leurs scènes.

La vieille continue d'enchaîner ses putains de cigaril-
los et de vitupérer. Je me dis qu'est-ce qui t'a pris,
Glandu, de leur foutre la merde avec cette histoire de
Sida à ces deux tordus brins d'épaves.

— Fous le camp, que je te dis, enculé !

Il passe dans la chambrette où son pote « Tarte aux fraises (des bois) » allait lui tisonner l'oigne. Revient affolé en clamant comme quoi on a fouillé sa turne pendant l'enterrement. Mémère qui incrédulise va voir, se rend compte. J'y vais aussi. Fectivement c'est sens dessus dessous : tiroirs, penderie, valtoches.

— On vous a dérobé quelque chose ? demandé-je, pratique.

— Je vois pas, il blablate, je vois pas. J'ai ma montre en or sur moi, mon portefeuille, ma médaille de la verge. Mon tutu est sur le plancher, mes revues danoises pornographiques reliées cuir aussi !

Il ne possède pas grand-chose, « Friandise ». C'est un gagne-petit de la danse et du trou de balle, pas épargnant le moindre.

— Faites l'inventaire ! recommandé-je.

La vieille dit qu'il doit en profiter pour emballer et qu'il disparaisse au trot !

— Allez, venez boire le vin chaud, docteur.

Je.

Le breuvage est délicieux, j'en conviens.

Mme Larmiche me dit que ça l'a rassérénée d'apprendre que son garçon avait un Sida avancé. Elle accepte mieux sa disparition, maintenant qu'elle la savait inéluctable.

— Un si bon petit, docteur ! Il travaillait dur pour gagner le bœuf de la maison.

— Que faisait-il ?

— Baby-sitting. Il s'était spécialisé là-dedans et avait une bonne clientèle. On se l'arrachait. Il branlait les petits enfants pour les endormir. Les chiares étaient dingues de lui.

Du temps qu'elle raconte, on entend claquer la lourde de l'appartement avec violence.

— Il s'en va déjà ? s'étonne la grosse vioque. Il a fait

vite. Dites, il n'a pas eu le temps matériel de faire sa valise.

Troublée, elle se lève pour aller aux nouvelles. Je bois mon breuvage brûlant. Un canari que je n'avais pas encore remarqué fait soudain cui-cui dans sa petite cage au-dessus de l'évier.

Et voilà que je reçois un bieurlement sauvage en plein dans les trompes d'Eustache. Quelque chose comme : « Wwrrrrouaaaa ! ».

Je me précipite. La vieille se cramponne au chambranle de la porte. Son cigare fumant gît sur le plancher ; elle n'est plus jaune, mais vert bronze. J'approche. Je vois. Instant d'incertitude, de pure stupeur.

« Friandise » est plaqué contre le panneau de la lourde, à l'intérieur de la chambre. Il s'y trouve comme épinglé par un poignard effilé, à lame longue, qui lui traverse la gorge. Il vit et ses yeux horrifiés roulent comme ceux d'un mannequin de fête foraine.

Je me précipite à la fenêtre, laquelle donne sur la rue. Tout ce que j'aperçois, c'est une Mercedes 190 de couleur bleu marine qui disparaît au loin.

M'armant de courage, je tire ma pochette de soie, l'étale sur le manche du poignard, saisis celui-ci, bande mes muscles et tire un coup sec. Je morfle un flot de sang en pleine bouille. Le pauvre « Friandise » glisse sur le sol. Je vois illico qu'il a la carotide sectionnée et que c'est râpé pour lui. Il ne sera jamais grand-mère. Je cours à la salle de bains attenante (où le meurtrier, surpris par notre arrivée, se tenait planqué). J'empare une serviette-éponge que je roule et plaque sur la plaie béante.

— T'inquiète pas : j'appelle une ambulance, dis-je au danseur. T'as rien de vital qui soit atteint.

Je cours tubophoner à Mathias qui promet de faire le

nécessaire. La mamie est toujours prostrée, un tantisoit dépassée par les événements.

— Tu connaissais le gars qui t'a fait ça ? demandé-je au blessé. Bats des paupières pour dire oui.

Il abaisse ses paupières diaphanes, frangées de longs cils (jamais perdre de vue la littérature !).

— C'est un ami à toi ?

Son regard reste fixe.

— Un ami à Joël ?

Acquiescement des paupières translucides.

— Il trafiquait avec lui ?

« Oui » fait le mourant. Je dis mourant car la serviette maintenant est toute rougie de sang et le raisin ruisselle sur le sol.

— Tu étais au courant de ses affaires de came ?

« Oui. »

— Tu participais ?

Il conserve le regard fixe, et il a une sacrée raison pour cela : il est mort !

# CHAPITRE SIX

## QUE TU DEVRAIS RECOPIER
## VINGT FOIS
## POUR BIEN T'EN SOUVENIR

La Larmiche m'a flanqué la nostalgie de maman. De voir cette pauvre ogresse malmenée par une vie couleur de gogues, ça m'a donné l'impérieuse envie de serrer une vraie *mother* honnête et pure sur mon cœur. C'est pourquoi je largue la rue du Poteau-Rose pour filer sur Saint-Cloud.

Je laisse ma tire dans la rue et m'introduis sans bruit chez nous à la faveur de ma clé. Dès le seuil franchi, mes narines subtiles identifient une odeur de beignets de cervelle. Et ça me remémore Marie-Marie, laquelle raffolait de cette spécialité de Félicie. M'man les sert accompagnés d'une légère béarnaise aux cornichons acérés. Les souvenirs me choient sur le râble, comme ces objets bordéliques que tu empiles sur le rayon du haut d'un placard et qui, un beau jour, te débaroulent sur le portrait quand tu en ouvres la porte. Je revois la Musaraigne, si vive, si choucarde, nos amours innocentes, puis celles qui le furent moins... Cette passion qu'elle me vouait, nos tentatives pour la vivre, et nos échecs... Fiasco. Comme si les rêves d'enfance ne pouvaient jamais se réaliser vraiment, comme si nos sales pattes de grandes personnes étaient incapables de les manipuler sans les briser.

J'accroche mon beau Zilli à col de castor à la patère et pousse la porte de la cuisine.

Rêvé-je ?

Elle est là, Marie-Marie ! Bien là, assise en face de m'man. Entre elles, un plat de beignets dorés.

Félicie s'écrie :

— Oh ! par exemple !

— C'est la grande java ! j'exclame.

Et puis plus moyen d'ajouter autre chose. Un coup de flou fantastique ! C'est de les voir en tête à tête, ces deux bonnes femmes : maman-bastion, grise comme une citadelle ; et puis l'autre, là, la Pécore, en tailleur Eskada noir, que ça représente des chiées de grosses montres dorées, avec du rouge... Bien coiffée, bien maquillée. Chiément adulte, mais toujours mauviette d'autrefois. Cosette de la tendresse sous ses oripeaux de dame élégante.

Elle dit, faussement détendue :

— Voilà môssieur le directeur !

Mais ça couaque. Elle avait pas d'autonomie pour davantage. Elle pique du pif sur son assiette chaude où deux beignets grésillent encore.

Et voilà qu'on demeure indécis, les trois. À composer un tableau allégorique dont je perce mal le sens caché. Musique d'âme. Faudrait Vivaldi pour la ramasser, ou Francis Lopez, qui sait ? Ce qui n'est pas de l'un est toujours de l'autre !

— Je vais mettre ton couvert, se reprend ma vieille.

Je parviens à articuler :

— T'as quoi comme dessert ?

— « Son » feuilleté aux pommes, tu sais ?

— Faut pas avoir la trouille des calories, après les beignets.

— C'est du sang que tu as sur la chemise, mon grand ?

— Non, m'man c'est du sang ! Mais rassure-toi : pas du mien. Je monte me changer. Auparavant je vais descendre chercher une boutanche d'Yquem à la cave.

Elle se raconte un peu : Marie-Marie « fait » enquêtrice à Londres pour une grosse maison d'assurances.
Elle s'est spécialisée là-dedans et ça carbure admirable.

— Tu dois bien parler l'anglais ! admire Féloche.

On rit. Putain ! ce que j'ai bien fait de rentrer au
bercail. Le pif, te dis-je ! Moi, je sens les choses qui
sont derrière les choses.

Marie-Marie plaisante :

— Toi, que tu sois commissaire ou directeur, tu
continues de mettre la main à la pâte, si je comprends
bien ?

— Je conserve le contact, oui. Tu es ici pour
longtemps ?

— J'ai pris quinze jours de vacances.

— T'es pas mariée, j'espère ?

— Tu sais bien que je t'attends !

— Quel est ton dernier délai ?

— Ma mort. On n'est pas de la même famille,
maman Félicie et moi, mais nous appartenons à la race
des femmes qui n'ont qu'un homme dans leur vie.
Allez, tu me racontes ?

— Quoi donc ?

— Le sang, sur ta chemise ? Et puis tu as au fond des
yeux une lueur que je reconnais bien : je parie que tu
baignes dans de sales problèmes.

Je hausse mes montants.

— Une histoire que je croyais simple au début et qui
en définitive n'avance pas. Ça béchamelle !

— Vas-y !

J'y vais !

Une moitié de bouteille d'Yquem 76 encore à
écluser ! Quand t'as fini de bouffer, faut jacter ! Et puis,
dans mon cas, c'est bon de narrer ; en recréant pour
d'autres, tu découvres des détails qui t'avaient
échappé.

Alors je ritournelle une fois de plus. La Musaraigne
m'écoute en balançant une jambe par-dessus l'autre.
Bien faites, ses cannes. Pourquoi ne l'ai-je pas épousée ? J'ai eu tant de fois des velléités ! Je suis passé si
près de le faire qu'à certains moments, il me semble
confusément que nous avons *réellement* été maridas,
elle et moi.

Je cherche où se trouve l'empêchement. Je l'aime et
la désire. On a, bien sûr, baisé ensemble et ç'a été
*wonderful*. Alors ! Qu'est-ce qui me retient ? Je me suis
si souvent posé la question. Je crois confusément piger.
Aimant Marie-Marie comme je l'aime, le jour où je la
tromperais je n'oserais plus réapparaître devant elle.
Quand bien même elle m'assurerait au préalable de son
pardon. Or, pour ce qui est de la tromper, je la
tromperais, parce qu'il n'est pas question que je ne
saute pas sur une femme consentante. Y a du clébard
en moi. Je n'y peux rien. Si, par un prodigieux sursaut
de volonté je passais devant une chatte sans l'ouvrir, je
deviendrais malheureux, impuissant, qui sait ?

C'est à ça que je gamberge en dévidant ma petite
historiette peu banale. Elle m'écoute attentivement, et
pourtant je sens qu'elle vague dans des arrière-pensées
assez semblables aux miennes, la petite chérie.

M'man nous a laissés au salon, avec son tact habituel.
Marie-Marie, je pourrais la tirer sur le plancher en
toute quiétude, jamais m'man n'ouvrira la porte avant
nous.

— Tu portes des collants ? m'interromps-je.

— Jamais quand je viens chez toi.

Elle remonte quelques centimètres de sa jupe et je
vois naître une jarretelle.

— C'est bien, balbutié-je avec émotion, tu es un être
aussi fiable que le mètre étalon.

Sa jupe retombe.

Je me penche pour l'embrasser, mais elle n'y va pas à
fond.

— Tu te gardes pour toi ? déploré-je.

— Non, répond-elle : pour toi.

— Tu te parfumes toujours avec « Mûr et Musc » ?

— Non.

— Avec quoi, alors ?

— Si je te le disais, tu irais m'en acheter une
bonbonne. Ton rapport est terminé ?

— À peu près.

— Tu as déterminé ce qui constituait le point
capital ?

— Il y a plusieurs points capitaux, ma poule.

— Il en est un qui prime les autres.

— Lequel ?

— Le cadavre de la fille de joie dans l'auto de ce
Larmiche. Si ce n'est pas lui qui l'a tuée, le véritable
assassin connaît parfaitement les habitudes du *dealer* et,
mieux encore que cela, l'auto de ce dernier doit lui être
aisément accessible. On ne se promène pas longtemps
dans Paris avec un cadavre, y compris de nuit. Tu es
certain que Larmiche n'est pas le meurtrier ? La
manière de tuer correspondrait assez au sadisme d'un
homo.

— Larmiche n'a jamais habité Lyon, non plus que
Bourg-en-Bresse. Il ne buvait pas d'alcool fort et devait
ignorer ce qu'est la tequila. Il ne serait jamais allé
proposer sa drogue à la sortie d'un lycée en trimbalant
une morte dans son coffre ! Et puis autre chose, vois-tu,
mon amour : je lui ai parlé, je l'ai regardé au fond des
yeux et j'ai été convaincu qu'il n'avait jamais buté
personne.

— C'est ce qui me convainc le plus, déclare mon
éternelle fiancée, car je crois en ton instinct. Vous avez
enquêté dans l'impasse-garage ?

— Ton oncle Béru et mon Noircicot de Jérémie s'en

sont dûment chargés. R.A.S. de ce côté-là. Le sculpteur et sa pétasse n'ont jamais vu ou entendu des gens
suspects s'approcher de l'américaine et leur roquet de
merde, qui est bon de garde, n'a pas déclenché d'alerte.

Elle reste pensive.

— Je sens que là est une grande partie de la clé de
l'énigme, Antoine. Quelque chose me dit que le
meurtrier de la prostituée n'a pas caché au hasard le
cadavre de celle-ci dans la voiture du *dealer*. Il l'a fait
en connaissance de cause, parce qu'il était au courant
des activités de Larmiche. Il pensait que le garçon
n'oserait jamais alerter la police, compte tenu de ses
opérations illicites et qu'il devrait s'arranger pour
planquer le cadavre. Il lui « passait le bébé », pour
employer une expression usuelle. À Larmiche de se
débrouiller. Dès lors, le tueur pouvait jouer les Ponce
Pilate : il avait interrompu le contact entre sa victime et
lui.

— En somme, Larmiche et l'assassin sont voisins ?

— Pas nécessairement. Ils peuvent avoir été rappro-
chés par leurs activités.

— Le meurtrier ferait dans la came, lui aussi ?

— Possible, mais d'autres circonstances de l'existence peuvent les avoir amenés à se côtoyer. Il faut
chercher dans la vie de Larmiche.

— Chercher dans une vie de trafiquant, c'est guère
commode.

— Il a été serré dans quelles circonstances, ton
client ?

— La brigade des Stups, à la sortie du lycée André
Sarda. Flagrant délit : il filait des sachets de poudre à
des mômes de 12 ans. L'un des gosses avait cassé le
morcif à ses vieux, lesquels se sont mis en cheville avec
nos collègues.

— On ne peut pas avoir un entretien avec les
draupers en question ?

— Fastoche, ma poule. Désormais, pour moi, tout n'est qu'un simple coup de téléphone à donner.

— Fixe-leur rendez-vous devant le lycée André Sarda !

— Mon affaire t'excite, si je puis ainsi m'exprimer ?

— Presque autant que toi !

Pas tombé dans l'oreille de Beethoven ! Je me penche pour la pelle parfumée Yquem. Toutes les vraies pelles devraient l'être ainsi. Comme embrasser me laisse les mains libres, ma dextre se coule couleuvre entre ses jambes. Dans ces cas précis, ta partenaire doit opter entre deux réacs : ou bien elle serre les quilles, et alors t'as affaire à une connasse du type pimbêche ; ou bien elle interprète avec empressement l'opération portes ouvertes, et en ce cas t'es tombé sur une pétasse sans retenue, ce que découvrant, tu te régales, tu lui laisses cent points pour rentrer chez elle en taxi et tu prétextes un rendez-vous chez le dentiste.

La Marie-Marie de rêve, elle opte pour une troisième soluce. Elle t'étreint puissamment, se tourne face à toi, ce qui la contraint à remuer légèrement les jambes, t'en profites pour organiser une reptation sournoise qui t'amène à l'orée de la jarretelle. Ensuite, ça devient de plus en plus large et tiède, presque chaud. Tu croises en chemin les premiers duvets follets, annonciateurs d'une végétation luxurante (j'ai pas mis de « i » exprès). La môme ne débloque toujours pas les lourdes de l'écluse. Elle préfère te laisser la responsabilité pleine et entière, tout en formant des vœux pour la réussite de ta mission.

Ah ! enfin ! Ton grand médius effleure une protubérance à ressort. C'est là que dans un stade de foot, les spectateurs se dressent en hurlant « But ! ».

Surtout ne chique pas l'impétueux Cosaque, mec ! Marque un palier de décompression. Du bout du doigt tu caresses, sans décider l'insinuement. Tout doux : en rond ! Tu cherches l'ergot à travers la frisure, mine de

rien. Le détecte enfin, l'apprivoise. Il est le verrou à
faire sauter. C'est pile pendant ce doux massage
apprivoiseur que tu dois libérer ta gauche, posée dans
le dos de la chère chérie, pour l'amener à un sein.
N'importe lequel : le plus commode de prise, car ta
posture n'est pas bénéfique pour ta gauche, tu penses :
bouche à bouche et la droite dans le bénitier de Satan !
C'est en lui friselant le cabochon entre pouce et index
que la situation va s'épanouir.

Bon gré mal gré, ta merveille, sollicitée sur tous ses
points névralgiques, va relâcher des cuisseaux :
« Rome ville ouverte ! » Te reste plus qu'à envoyer tes
éléments de reconnaissance. Patrouille de cinq !
Caresses générales pour soporifier la place. Et puis
chaque fantassin à son poste ! Le majeur dans la cagna,
c'est justice, suivi le plus rapidement possible de
l'annulaire, auxiliaire de valeur. L'index et l'auriculaire
assurent l'émoi extérieur. Y a que le gros pouce pataud
qui attend son heure, le madré. En réserve de la
République, monsieur Gaston !

Effectivement, au bout de beaucoup, quand l'adorable balance sur la crête des délices, modification des
positions ! Les duettistes médius et annulaire se retirent
doucement et promptement remplacés par Mgr le pouce
Gaston qui travaille davantage en torsion qu'en piston,
ce qui donne une variante plus capiteuse au plaisir.

Alors, l'infatigable médius, héroïque et dûment
lubrifié, va à l'exploit. Il glisse sournoisement vers l'œil
de bronze pour le conquérir. Technicien d'élite, il sait
la technique à employer. Avant tout, la patience. Ne
pas découvrir tout de suite son (noir) dessein. Qu'il
aille son amble, comme un cheval dressé. Bon, il se
dirige vers la bagouse crénelée. Une pente naturelle ne
l'y conduit-elle pas automatiquement ? La végétation se
tarit. Il atteint les bords du cratère, paraît hésiter, feint

de s'en éloigner ; puis se ravise, le coquinet. Oh ! mais dites donc ! Y aurait pas bono, par là ? Permettez ?

Le pouce Gaston turbine à fond. Il demi-cercle à toute vibure comme pour nettoyer l'intérieur d'un verre.

La jolie idolâtrée ne sait plus bien qui est qui ni où va quoi. Alors, le crapulard médius décide d'entreprendre son hibernation et se faufile dans le labyrinthe. Maintenant tu lui mords les seins, à la Merveilleuse, la féerie buccale est dépassée. Le plaisir, mon pote, ça descend, que veux-tu, ça descend !

Tu laisses mijoter encore cinq minutes, jusqu'à ce que tu entendes gémir au-dessus de toi. Top ! Tu interromps sèchement le traitement. Faut que ce soit brutal, presque douloureux. Mais vite tu dégaines le Chevalier Blanc (pour Blanc, c'est le Chevalier Noir). Si le slip n'a pas encore rendu l'âme, tu le soudardises d'un coup sec, quitte à meurtrir la chérie. Ne crains pas : elle en est à l'amour douloureux, à l'amour violent ! Elle en a besoin, faut lui accorder son dû. Et c'est l'entrée de Napoléon à Notre-Dame pour le sacre.

La belle, la frénétique troussée s'organise. Une jambe par-dessus un accoudoir, l'autre sur la table basse. C'est tordu, biscornu, mais si bellement farouche. Tout homme a plus ou moins un complexe de viol rentré.

La petite commence son chant des siècles, si mélodieux. Alors, à cet instant, Félicie, la chère incomparable, met son vieil électrophone en marche afin de couvrir nos éventuelles bruyances. Elle fait mouliner un 78 tours qui grince un peu dans les virages. *Ramona,* par Saint-Granier.

De circonstance, non ?

*Ramona*
*J'ai fait t'un rêve merveilleux.*
*Ramona*

*Nous étions partis tous les deux.*
*Nous allions lentement*
*Loin de tous les regards jaloux*
*Et jamais deux amants*
*N'avaient connu de soir plus doux.*

Quand j'étais chiare, je faisais marrer ma cousine Huguette en parodiant la chanson.
Je chantais :
*Ramona*
*T'as pris ma bite pour du nougat.*

J'avais des dons de con. J'aurais pu le devenir complètement. Être heureux avec la majorité silencieuse. Et puis je me suis mis à gamberger et tout a capoté. À présent je suis plus de nulle part.
Juste un enfant perdu que personne n'a trouvé.
Mais qui baise !

## ENTREMÊLAGE

Il l'avait surnommée Natacha (son vrai prénom), à cause de sa tenue qui évoquait une « amazone des neiges ».

Elle portait, ce jour-là, un manteau de daim grossier bordé d'une fourrure douteuse aux manches et au col.

Il passa lentement, au volant de sa grosse Volvo défraîchie. Le manteau de la fille était ouvert et il put apercevoir ses longues jambes et sa poitrine agressive. Il faillit s'arrêter mais quelque chose le mit en alerte et il poursuivit son chemin. Tout en conduisant, il regardait derrière lui, par le truchement de son rétroviseur. Il distingua une petite Peugeot de couleur claire stoppée à quelque distance de « Natacha », le long du Bois, sur une zone interdite au stationnement. Pourquoi ce sage véhicule le faisait-il tiquer ? Une femme se trouvait au volant qui ne tapinait pas et paraissait attendre. Mais attendre quoi ?

Pach se rangea sagement le long de l'allée, coupa le moteur et attendit à son tour. Son instinct l'incitait à la patience. Pour tuer le temps, il brancha la radio et capta un poste qui diffusait de la musique « sérieuse ». Du Haendel. Pach raffolait de la grande musique. Il lui arrivait de passer des heures à en écouter au cours de ses nuits d'insomnie. Il la faisait jouer en sourdine et elle remplaçait le sommeil qui lui manquait tant !

Il continuait de surveiller « Natacha » dans son

rétroviseur de droite, ainsi que la « femme à l'auto » dans celui de gauche. Au bout d'une assez longue attente, une voiture vint se ranger devant la prostituée, elle parlementa brièvement par la portière entrouverte et monta. À peine le couple venait-il de démarrer que la Peugeot crème le prenait en filature.

Pach se rembrunit. Il n'aimait pas ça du tout. Toutefois, il se félicitait d'avoir éventé la ruse. Petite machination policière destinée à le « coiffer ». On s'était servi des médias pour l'alerter à propos de la catin et l'inciter à la supprimer. Il n'était pas du genre assassin bravache qui défie la police et prend des risques pour qu'on parle de lui. Il n'avait que faire d'une sanglante renommée et tenait à sa quiétude. Tout ce qu'il souhaitait, c'était d'assouvir sa passion meurtrière sans se faire arrêter.

Il démarra à son tour, bien résolu à ne jamais plus se risquer dans cette partie du Bois.

# CHAPITRE SEPT

## SANS LEQUEL CE LIVRE
## NE POURRAÎT ÊTRE CONDUIT
## À SON TERME

L'un des deux flics est un maigrichon qui a dû se raser avec une pelle à gâteau, voire un coupe-papier, tellement il lui végète encore de sales poils sur la gueule. Il porte un complet de velours qui fait des poches aux coudes, aux genoux et... aux poches. Cravate de cuir pour délégué syndical. Deux dents en or, sur le devant. Une hanche en plastique, sur le derrière. Un sourire obséquieux sous une moustache de mulot des champs.

Son compagnon, comme toujours depuis Laurel et Hardy, est grand, fort, rubicond, avec un œil qui tourne mal et la béatitude du con sur toute la surface de sa physionomie. Il est vêtu d'un jean qui déguise son énorme cul en ballon captif, d'un très vieux blouson de cuir dont les deux bords ne se rejoindront jamais plus, et d'un T-shirt sur lequel est écrit « Le Musée est ouvert tous les jours, même le mardi ». Une flèche part du nombril pour plonger dans le pantalon. C'est sobre et, somme toute, assez amusant. Mais il ne faut pas grand-chose pour me faire marrer, je l'admets.

Le premier s'appelle Dureuil et le second Malmaison.

Je louche sur ma Pasha.

— Vous étiez en position longtemps avant la sortie des élèves ?

— Si fait, monsieur le directeur, répond Dureuil le mulot.

— Et Larmiche ?

— Il s'est amené peu après nous.

— À pied ?

— Affirmatif, monsieur le directeur.

Ça, c'est Malmaison qui le déclare. De la sueur dégouline de son front taurin. Même en inaction, même par grand froid, il sue, ce gros lard.

Marie-Marie demande :

— Où se tenait-il pour attendre les élèves ?

Les deux clowns de la Maison Blanche-Neige désignent simultanément une cabane de cantonnier située en face du lycée André Sarda, non loin d'un platane au tronc couvert de graffitis. L'endroit est relativement discret. La circulation est peu importante. On entend glapir une sirène, quelque part dans les bâtiments.

— La sortie ! annonce Dureuil.

Effectivement, un bourdonnement d'essaim retentit, suivi d'un piétinement bruyant et une horde de gamins se précipite vers le portail de fer dépeint. Ils sortent comme la pâte dentifrice d'un tube inconsidérément pressé. Quelques-uns se dirigent vers des voitures parentales, d'autres se mettent en groupes pour des discussions d'après-classe. Il en est qui s'éloignent rapidement. Certains semblent indécis et hument le vent aigrelet avec une défiance de gibier.

— Racontez, bon Dieu ! fais-je aux duettistes des Stups.

Malmaison sort de son rêve de saucisses aux choux. Il dit :

— Ben le *dealer* attendait, adossé à la cabane d'outils. Des gamins se sont approchés de lui.

— Beaucoup ?

— Trois ou quatre. Ils ont sorti de l'argent de leurs poches sans se cacher comme s'ils allaient acheter des cornets de frites. Larmiche leur souriait, tu te rappelles, Fernand ?

Dureuil bat des ramasse-miettes.

— Textuel !

— Alors ? insisté-je.

Je dois les intimider car ils ont de la peine à assurer la retransmission du match. Une fois encore, c'est le gros à l'œil tournicoteur qui se dévoue :

— On a estimé que le moment d'intervenir était venu, monsieur le directeur. Fernand Dureuil a embrayé et a stoppé pile près du platane. J'avais déjà ma portière ouverte. Je suis sorti en trombe et j'ai crié : « Police ! Pas de panique ! On ne bouge plus ! Personne ne bouge plus ! »

— Réactions ?

— Ils sont restés pétrifiés, les mômes et le *dealer*. J'ai chopé le poignet d'un des gamins. « Ouvre ta main, petit gars ! » Il avait un sachet blanc au creux de sa paume. Dureuil est intervenu pour passer les cadennes au loustic. Le dénommé Larmiche n'a rien fait pour gêner la manœuvre. Il semblait résigné. Sa sale gueule daubée était triste. Il ne disait pas un mot. J'ai plongé ma main dans ses poches et j'y ai trouvé une dizaine de sachets. C'est consigné dans notre rapport, monsieur le...

— J'ai lu.

— « C'est tout ? » lui ai-je demandé. « Le reste est dans ma voiture », il a murmuré. « Et ta voiture ? » « La rue, là-bas. » On a relevé les identités des mômes, et puis nous sommes allés jusqu'à sa bagnole, une grosse tire américaine passablement déglinguée. Il n'a fait aucun suif pour nous ouvrir sa portièrc de droite, malgré ses menottes. On a trouvé encore treize sachets dans les plis d'une carte routière, à l'intérieur de la boîte à gants.

« T'en as planqué ailleurs ? » ai-je insisté. Il a secoué

la tête. « C'est tout, parole ! » « Dans le coffre ? »
« Non, regardez ! » Dureuil est allé voir ; il a eu la
méchante secousse, pas vrai, Fernand ? »

— Vous pensez, monsieur le directeur !

M. le directeur pense. Tu cherches de la neige et tu
trouves un cadavre de femme ! Y a de quoi choper la
jaunisse !

— Dès lors, reprend Malmaison, dès lors, monsieur
le directeur, nous avons téléphoné à la maison mère
depuis notre voiture pour expliquer ce qui se passait.

Fin de leur épisode. Pour eux, c'est pas comme dans
*Santa Barbara :* ça s'arrête là.

— Allons voir où se trouvait sa voiture ! décide
Marie-Marie avec une telle autorité que j'ai l'impression de passer un tout petit peu pour un glandu.

On traverse la chaussée. Il n'y a plus de gosses. Nous
marchons sans mot dire jusqu'à la rue Gérard-Barrayer
(physicien français, 1816-1899, né à Montauban, inven-
teur de la chaussette à pas de vis et du Coton-Tige à
mercure). C'est une voie discrète qui donne sur le flanc
du lycée André Sarda ; en face, se dresse la synagogue
Saint-Vincent-de-Paul, si bien qu'aucun immeuble tra-
ditionnel ne la borde.

Dureuil qui ne veut pas se laisser dépouiller de la
vedette par son collègue, déclare non sans emphase :

— Le véhicule du sieur Larmiche était en stationnement ici même, mademoiselle.

Et il tape la chaussée du talon comme pour bien
définir le territoire.

Marie-Marie lui dit « Merci » en souriant. Du coup,
Dureuil qui reprend du poil de la bête s'aperçoit qu'elle
est très jolie et, comme c'est un vaillant petit sabreur,
une démangeaison illégale lui vient sous les roustons. Il
se retient de la conjurer par un grattage de mauvais
aloi ; ça ferait désordre, devant une jolie fille. Il joue
des mirettes, très casanova de kermesse.

Ma petite camarade d'amour est songeuse et ne s'aperçoit pas de cette cour de dindon déguisé en paon.

Tandis que nous repartons, elle à mon côté dans la 500 SL, ma dextre entre ses cuisses, comme en une moufle fourrée, elle soupire :

— Pourquoi ai-je la sensation très forte que c'est là que ça s'est passé.

— Que « quoi » s'est passé, Princesse ?

— Je ne sais pas. Mais j'ai reçu comme un flash.

— Mademoiselle est une extralucide ?

— Seulement une lucide extra. Pendant que tu interrogeais tes perdreaux près de la cabane de cantonnier, quelqu'un nous observait, de loin.

— Qui ça ?

— Un type.

— Explique.

— Un homme se dirigeait vers la rue Gérard-Barrayer (1). Avant de s'y engager, il a regardé dans notre direction et a bronché. Il s'est alors dissimulé à l'angle du lycée pour nous observer. Au bout d'un moment, il a réalisé que je suivais son manège et il est reparti précipitamment.

— A quoi ressemblait-il ?

— A vrai dire, je ne l'ai presque pas vu car il portait un imperméable au col relevé, une casquette, et tenait un parapluie ouvert, bien qu'il ne tombât que quelques gouttes. Il était grand, assez costaud et avait une mallette ou une serviette de cuir, j'ai mal distingué.

— Tu as vu d'où il venait ?

— Non. C'est son attitude qui a attiré mon attention.

On reste un moment sans jacter. On est bien, mais avec des arrière-pensées professionnelles. Marrant

---

(1) Général français 1854-1921, qui s'est illustré à Valmy, Verdun et rue de Solférino où il a sauvé un pompier brûlé au troisième degré par une chaude-lance.

comme elle s'est branchée d'autor sur cette affaire, la
Musaraigne. Tu sais qu'elle a des dons. « Singe qui
voit, singe qui fait », comme dit m'man. Elle a toujours
été passionnée par mon job, la chérie, et ce travail lui
sied comme le tailleur qu'elle porte présentement.

On va à la Grande Chaumière où des tâches « patro-
nales » m'attendent, qui sont étrangères au cas en
question. Je lui fais les honneurs de mon bureau. Ça
l'impressionne.

— T'auras fait une jolie carrière, note-t-elle.

— Oui, conviens-je, c'est triste.

— Pourquoi ?

— Quand tu es en haut, il ne te reste plus qu'à
redescendre.

— Peut-être, mais tu auras atteint le sommet. C'est
la performance qui importe ; on le sait bien que rien ne
dure.

Je l'entraîne dans le petit baisodrome capiteux du
père Chilou où flottent des odeurs de cocottes minute.
Sans mot dire, elle se dessape. C'est vrai, j'oubliais
qu'elle porte des bas et un porte-jarretelles. Te dire si
elle continue de vivre à mon heure, la môme !

J'éteins la *luce* et tire ma merveilleuse en silence,
voluptueusement. Juste sa respiration qui s'emballe un
peu, et puis quelques ténus gémissements au moment
où elle prend son mignon panard. Ça c'est de l'amour à
part, tu comprends ? De « la » vraie ; pas fornicateur du
tout. On baise avec le cœur. C'est un hommage qu'on
se rend. Une preuve d'infinie tendresse.

Je la tiens longuement pressée sur ma poitrine, joue
contre joue, que chante mon pote Aznavour : « Tu te
laisses haler ; tu te l'es salé ! ».

Je murmure :

— J'ai envie de te faire un cadeau, belle âme.

— C'est vrai ?

— Cette enquête, ma première depuis que j'occupe ce poste : je te l'offre.

— Comment ça ?

— Je t'ai raconté par le menu tous les tenants et aboutissants. Alors c'est toi qui vas diriger les opérations. Déjà tu as voulu cette semi-reconstitution avec des poulets des Stups, eh bien continue !

Pendant qu'elle se « rajuste » comme on disait puis, au siècle dernier dans la bonne société de Bourgoin et Jallieu, je vaque à d'autres sinécures. Lorsque j'en ai fini, je la trouve réparée complet, fardée faut voir, propre en ordre.

Elle est assise sur le divan de nos ébats, après l'avoir retapé. En pleine méditation. *To be or not to be,* si tu vois le topo ?

— Je trouble ? demandé-je.

Elle me tend la main. Je prends place. On se bouffe la gueule un grand coup. Son haleine a toujours eu un goût de framboise.

Puis :

— J'ai dressé un petit plan, Antoine.

— *Yes, chief ?*

Elle me saisit le poignet pour puiser l'heure à ma Pasha.

— Presque six heures, tu crois qu'on peut encore rendre visite à quelqu'un ?

— À qui ?

— La « dame bien du cimetière ». Celle qui est allée aux funérailles de Larmiche par haine. Tu m'as dit avoir relevé son numéro minéralogique, en quatre minutes tu obtiendras ses coordonnées.

— Bien sûr.

— Il faut l'interviewer sans tarder. C'est étrange qu'elle ait connu l'identité du *dealer* et su sa mort ainsi que le lieu et l'heure de son enterrement.

— Tu as raison.

Elle réfléchit et demande :

— Tu auras le temps de m'emmener faire un saut à Lyon demain matin ?

— Ça devrait pouvoir s'arranger.

— Parfait.

— Que comptes-tu y faire ?

— Ta question me déçoit, fin limier. Ou alors c'est que les directeurs sont obligatoirement gâteux !

Elle s'appelle Mme Desanges, Camille Desanges. Elle est hépatologue à la clinique Robert Debœuf à Suresnes (cimetière américain, mont Valérien) et demeure dans cette coquette localité de cent mille habitants, nichée sur la Seine. Sa villa, « Les Platanes », se situe à trois cents mètres à pied des établissements Mormelas et Tétoy, pièces détachées pour angine de poitrine.

La villa de banlieue : coquette, coconne, Sam'suffit amplement. Sonnette drelin, drelin, rouillée à point. Jardinet végétatif, opus incertain dans l'allée, fenêtres à bacs pour géraniums endeuillés. Perron moussu, roses crémières, pots cassés par la première atteinte du gel. Odeur de Toussaint mêlée de gaz d'échappements. Mélancolie assurée.

Nous nous présentons. Carillon fêlé. Onc ne se manifeste. On recommence, ne serait-ce que pour déguster une seconde tournée de grêles tintements.

Et puis une voix. Mais derrière nous :

— J'arrive !

Et la dame du cimetière sort de sa petite voiture.

Vision rapide de ses cuisses pas dégueu du tout. On la zoberait sans encore se faire payer, pour peu qu'elle en ait très envie. Elle porte une robe grise avec du noir au col, un manteau de vison de coupe ancienne, mais ça se périme sans arrêt, ces trucs-là. Faut toujours attendre que la mode revienne !

Elle me retapisse au premier regard.

— Oh ! bonjour.

Salut aimable de la tête à ma compagne. Elle ouvre la porte, s'efface pour nous laisser entrer. J'aime bien son parfum. Ses loloches aussi. Du monde au balcon pour regarder passer le défilé, espère ! Tu vois comme je suis ? Même en compagnie de la Musaraigne et après lui avoir fait l'amour, je renifle déjà ailleurs ! Incorrigible, je te dis. Et tu voudrais que je l'épouse ? Un bouc ! Et j'ai même plus honte. J'accepte. Je gère cette constante vacuité sexuelle avec détermination. Je pense, donc je suis ! Je suis, donc je baise !

La maison sosotte du dehors est exquise à l'intérieur. Moderne, avec quelques très beaux meubles anciens pour rehausser. Décoration dans les tons pêche. Confort et élégance.

— Asseyez-vous ! Puis-je vous poser une question, monsieur ?

Et, comme j'opine (grosse commak !).

— Ne seriez-vous pas de la Police ? questionne le docteur.

— Cela se voit donc ?

— Non, cela se devine. Une certaine manière de regarder les gens, de les suspecter d'emblée.

Je souris.

— Vous êtes psychologue, docteur.

— Si je ne l'étais pas, il me faudrait changer de métier. Que puis-je pour vous ?

Je désigne Marie-Marie.

— Mademoiselle conduit l'enquête relative à la mort de la femme dont on a découvert le cadavre dans la voiture de Joël Larmiche. Elle a des questions à vous poser.

— Eh bien j'y répondrai de mon mieux, assure-t-elle simplement.

Elle fait pivoter son siège de manière à se tourner face à ma pétroleuse d'amour.

Quel âge peut-elle avoir ? La cinquantaine ? Pas encore, pas en plein. Je sais de quelle façon je la pinerais si j'en avais « l'opportunité » : sur le côté, à la langoureuse, en lui tenant la jambe droite levée. Elle est pulpeuse à souhait. Doit avoir la chagatte moelleuse, le pelage blond foncé. Quand on a, comme mézigue, l'odorat surdéveloppé, on détecte en la reniflant des odeurs d'éther. Ça joue avec son parfum de classe. Envoûtant. La vache, faudra qu'un jour je me la goinfre, Médéme Docteur ! Lui divertisse le minou pour la tirer sur la berge de la vie, un peu à l'écart de son chagrin. Premiers secours aux noyés. Respiration artificielle. J'ai déjà en paume les volumes de son cul ! Sa tiédeur infernale, son velouté.

La Musaraigne la pilonne de questions nettes et précises auxquelles le docteur Desanges répond spontanément et avec clarté.

Il appert (de Francfort, pour changer) ceci : l'an dernier, Camille (voilà que je me la nomme déjà par son prénom), a compris que sa fille Marianne se camait. Elle a eu une explication avec elle. La gamine (dix-sept ans) a avoué, mais n'a jamais voulu révéler où elle se procurait son venin et a refusé une cure de désintoxication. Camille est divorcée depuis dix ans et vivait seule avec l'adolescente. Elle est allée à la police où on lui a fait comprendre que le cas de Marianne, on s'en battait l'œil, compte tenu du nombre extravagant de jeunes touchés par le fléau.

Elle a alors décidé de lutter seule et a payé une agence de police privée pour surveiller le comportement de sa fille. C'est ainsi qu'elle a su qu'un individu à la gueule eczémateuse attendait certains élèves devant l'externat des Sœurs de l'Incantation Fiévreuse fréquenté par Marianne, et leur fourguait de la drogue. Le privé, à sa requête, s'est ensuite mis à filocher le *dealer* et a établi un rapport complet sur lui : ses postes de vente, son adresse, le café de Montrouge où, très probablement, on l'approvisionnait en « marchandise ».

Forte de ce dossier, Camille Desanges a rendu visite à Larmiche. Elle avait une photo de sa fille pour qu'il sache bien de qui elle lui parlait et l'a menacé de communiquer son dossier à la police s'il continuait de l'approvisionner. Larmiche a juré ses grands dieux de ne plus remettre le moindre gramme d'héroïne à Marianne. Mais, loin de tenir parole, il a poursuivi son trafic avec la jeune fille, laquelle devait décéder d'une overdose quelques mois plus tard.

Folle de chagrin, la doctoresse dut suivre un traitement dans une maison de repos après l'enterrement de son unique enfant. Par la suite, elle ne pensa plus qu'à se venger de l'infâme gredin. Elle hésitait entre le dénoncer à la police ou l'abattre carrément. Elle ne croyait guère au châtiment par la trop laxiste Justice, quant à l'autre, l'expéditive, elle ne s'en sentait pas le courage. Sa mission est de soigner, non de trucider.

Et puis voilà que quelqu'un a agi à sa place ! Délivrance ! Elle avait eu à cœur, poussée par quelque force vénéneuse, d'assister à la mise en terre de l'assassin de son enfant ! Baume désisoire de la vengeance.

Pas un instant son regard ne s'est embrumé, sa voix n'a pas fait le moindre couac. Une forte personnalité !

Je sais que je reviendrai la voir. Ce ne sera pas commode de l'arracher à sa peine pour la séduire. Elle est bien loin des tentations de la chair, la malheureuse. Seul lui importe le souvenir de son enfant morte, tuée par l'époque. Criminelle hydre aux milliers de têtes hideuses.

Nous la laissons bientôt. Avant que nous ne prenions congé, elle murmure :

— Larmiche tuait également à coups de pistolet ?

— Pas que je sache, docteur.

— Pourtant, cette femme dans le coffre de sa voiture...

— Tout m'incite à penser qu'il ignorait sa présence ; il a lui-même invité les flics à explorer son coffre pour leur prouver qu'il ne recelait pas de drogue.

Nous partons. Troublé, je lui voue un long regard profond comme une pensée de Pascal. Me semble, qu'elle m'en accuse vaguement réception. La vie qui continue, bon gré mal gré. Faut lutter, les gars. S'accrocher à des touffes d'herbe, à des bites, à des poils de chatte, à n'importe quoi, ne serait-ce qu'un San-Antonio, plein de misérabilisme, de pets et de fureur. Le coulage-à-pic, c'est la solution de facilité des lâches, de ceux qui ne s'estiment pas à la hauteur des efforts qu'ils pourraient produire. Quand t'es trop à bout, ouvre le gaz, certes, et mets à cuire des œufs sur le plat ! Et puis fais-toi turluter le nestor où glisser un *finger* dans l'oigne, si t'aimes ça. Ton salut t'appartient ; n'en fais pas cadeau au néant, c'est trop con.

— Elle te plaît, hein ? murmure Marie-Marie, quand nous sommes de retour à l'auto.

— Elle a « quelque chose », conviens-je.

— Oui, dit la Musaraigne : elle a quelque chose. Tu sais quoi ? Sa peine. C'est elle qui, au fond, t'émoustille. Tu aimes bien tremper ta queue dans des larmes.

J'ai la décence de ne pas nier.

— Un jour, poursuit-elle, quand je n'en pourrai plus de t'espérer, je sens que je deviendrai très salope. Ça doit être distrayant, dans le fond, d'avoir des appétits à satisfaire. Je pomperai toutes les queues qui passeront à ma portée ou je ferai de l'équitation dessus.

— Ne dis pas ça, connasse !

— Ça dérange ton confort ? Le beurre et l'argent du beurre ! Tu sais que tu es un cas !

— J'en souffre assez !

— Tu en souffres, mais tu en jouis.

Le silence nous rejoint. Je roule en direction de Pantruche. Les copains me manquent. J'ai beau m'escrimer, l'équipe est tout de même disloquée. C'est plus la grappe « d'avant », comprends-tu-t-il ?

— Sois gentille : appelle ton oncle sur le bigophone de ma tire.

Elle fait la moue.

— Il va vouloir qu'on se voie et je n'en ai pas envie.

— Alors tu me le passeras quand il décrochera.

Elle s'exécute. Ça carillonne un bout avant qu'on décroche. Enfin une voix d'homme marquée de l'accent italien :

— *Pronto,* j'écoute ?

Je biche le combiné.

— C'est vous, Alfredo ?

— *Si, signor* commissaire.

Enfin un qui ne s'écorche pas la gueule à me balancer du « Môssieur le Directeur ».

— Vous pouvez me passer Alexandre-Benoît ?

— Ça n'esté pa poussibile por l'instant.

— *Perche ?*

— Il est en train de mettre ouna dérouillée à Berthe ; vous n'entendez pas ?

Il doit brandir le combiné aux échos de l'appartement car, effectivement, je perçois des bruits de claques, des cris, des injures, des supplices !

Il glousse après un moment :

— Vous entendez, *signor* commissaire ?

— Elle l'a trompé ?

— S'il devait la battre pour ça !

— C'est plus grave ?

— Beaucoup plous, *signor* commissaire : Berthe a mangé toutes les caillettes de l'Ardèche qué Béru s'était fait expédiate. Vous savez combien il les raffole.

Les coups pleuvent drus. Les hurlements de l'épouse maltraitée forcent en intensité.

— Vous n'intervenez pas, Alfred ? m'étonné-je.

— Ma jé voulu. Il m'a filé un coup de génou dans les couillons. C'este ouna broute, cé type !

— Vous pensez qu'il en a encore pour longtemps ?

— Sourment plous beaucoup : elle a la gueule en compote ! Jé vé aux nouvelles.

Il dépose mon tympan attentif sur le marbre de la cheminée.

— Et tu voudrais que j'aille voir ces monstres ? soupire Marie-Marie.

C'est Bérurier-le-Chourineur qui monte en ligne. La voix comme un haut-parleur qu'un farceur a empli de mayonnaise, le souffle haletant, l'invective mal torchée.

— C'te putasse d'enculée de sa mère pourrie ! gronde notre personnage du tertiaire. Vingt-quat' caillettes de Privas ! Vérolée, va ! Tu croives qu'é m'en aurait gardé t'une seule ? Zob ! Mais qu'elle en crève, bordel ! Qu'elle éclate, nom de Dieu ! J'nettoiererais l'plancher av'c un d' ces bonheurs ! Qu'est-ce j'sus été marier une vache pareille alors qu'a des p'tites génisses qui n'd'mandaient qu'à se faire fourrer, à la ferme ! J'm' rappelle d'une : Blanchette é s'app'lait. Y avait même pas b'soin d'y entraver les pattes, tant tell'ment qu'elle aimait ça, la bougresse ! Si l'père l'avait pas vendue, pour faire boucherie, j'eusse pu en faire ma concubile attristée (1). M'allô ? C'est toi, en Toine ? S'cuse-moi :

(1) Notre connaissance de la langue béruréenne nous donne à penser que le Gros a voulu parler de « concubine attitrée ».

San-A.

j'sus dans tous mes états. C'qui m'arrive est un défi à
l'imaginance. Vingt-quat' caillettes de l'Ardèche !
Emballage sous vide d'la charcuterie Porcinet, d' Privas
où elles sont presque encore meilleures que celles de
Groslard d'Aubenas. Vingt-quat', tu m'reçois bien ?
Oui, vingt-quat' : trois fois douze ! Et c'te charogne
vivante qui me clape tout l'lot ! Des caillettes dont
j'm'réservais pour moi seul ! T'as d' quoi d'venir
dingue, non ? D'quoi tuer, y a prétesque ! M'allô, tu
m'appelles pourquoi-ce ?

— Prendre de tes nouvelles, Gros !

— Parle-moi z'en pas : elles sont fraîches, mes
nouvelles ! Vingt-quat' caillettes, montre en main ! Tu
la verrerais, ma morue : é n'peut plus bouger. Si au
moins ça la tuerait d'indijection ! C'serait d'la justice
éminence.

— Des nouvelles de l'enquête ? coupé-je.

— L'enquête ? Oh ! voui. Pinaud.

— Comment cela, Pinaud ?

— Il est rentré d'prendre les eaux, comme dit c'te
vieille baderne ! Y prend les eaux à Vittel. Les femmes
enceintes perdent les eaux, ben lui, y les prend ! C't'une
nature ! Il a radiné dare-dare au burlingue et j'y ai
narrationné ce qui s'passait. Tout d'suite il a voulu mett'
son grain d' sel, tu l'connais. N'a peine j'ai eu terminé,
il a renfilé ses gants en peau de couilles et il a reparti.
Sans dire où qu'il allait, mais l'air d'en avoir deux.

— Eh bien, c'est parfait. Il a du métier, de la
jugeote. Il ne peut sortir que du positif de ses entreprises.

— Tandis que moi, j'sus une panosse ?

— Je savais que tu t'en rendrais compte un jour, fais-
je en raccrochant.

# CHAPITRE HUIT

## DANS LEQUEL NOUS NOUONS
## DE NOUVELLES CONNAISSANCES

Du maintien.

Comment en serait-il autrement : elle se nomme Princesse. Plus que chenue : authentiquement vieille. En parlant d'elle, l'idée ne te viendrait même pas de mentionner qu'elle est âgée. Non : elle est vieillarde en plein. Superbe cyphose qui la met pratiquement à l'équerre. Elle devait être beaucoup plus grande en étant petite, comme je plais à dire. Le cheveu rare, mais moussant et bleu. Un cordon de velours noir autour du « cloître » (Béru dixit). Un soupçon de rose aux joues et de rouge aux lèvres. Tailleur noir, chemisier blanc. Elle s'aide pour marcher d'une canne légère à pommeau d'ivoire sculpté représentant une tête de chat (compte tenu de ses occupations galantes, j'eusse préféré une tête de nœud).

Mes collègues de Vauban (1) m'ont fait tout un papier sur la vieillarde. Son mari, un maître du barreau, défunté depuis lurette. Les Princesse, sans enfants, avaient adopté une petite Martiniquaise, qui, lorsqu'elle devint adolescente, montra rapidement qu'elle avait le sang chaud. Après le décès de maître Honoré Princesse, l'on constata que le cher homme ne laissait

_____

(1) Siège de la police lyonnaise.

pas un laranqué derrière soi. Une gourgandine experte l'avait détroussé de tous ses biens. Sa digne épouse, anéantie, entrevit qu'elle allait devoir faire des ménages pour subsister. Mais sa courageuse fille adoptive prit la situation en fesses et s'employa à monnayer son corps qui était appétissant. Mme Princesse découvrit alors cette subtile industrie cependant vieille comme le monde, et, voyant combien elle était lucrative, ne s'insurgea pas.

Bientôt, Marilou (la Martiniquaise) enrôla des copines qui vinrent se faire martiniquer dans le solennel appartement de la rue Vaubecour. La veuve se piqua au jeu, s'aperçut qu'elle avait des qualités de gestionnaire et organisa au mieux cette prostitution bourgeoise. Les portes de la bonne société se fermèrent pour la dame. Elle n'en eut cure. Le passé de son époux la protégeait, la police ferma les yeux d'autant plus aisément que le business de Mme Princesse s'opérait en grande discrétion. Et puis cherche-t-on des rognes à la femme sans ressources d'un ancien bâtonnier ?

Elle nous regarde, nous sourit, pense que nous venons pour une partouzette à la bonne franquette, attend que je prononce le mot... de passe qui est : « Je viens de la part de Don Carlos ».

Alors, moi, séduisant jusqu'aux poils qui sont sous mes bras :

— Je pourrais vous dire que je viens de la part de Don Carlos, madame, mais vous vous abuseriez quant à mes intentions. Je suis le tout nouveau directeur de la Police judiciaire de Paris et je souhaiterais avoir une conversation avec vous.

Nonobstant ce préambule, la vioque prend peur, croit que je viens lui signifier la fin de son condé, voire même lui chercher de sales noises.

— Oh! monsieur, je suis très âgée, plaide-t-elle immédiatement.

— Vous ne devriez pas le faire remarquer, car l'on ne s'aperçoit pas de la chose, galantiné-je.

Indécise, elle nous fait pénétrer dans un salon Louis XVI, semblable à ceux auxquels il m'arrive de rêver quand j'ai trop bouffé de couscous.

On entend distinctement, en provenance d'une pièce contiguë, les requêtes d'un monsieur à la voix caramélisée par l'âge, qui implore :

— Appelle-moi ta petite femme, appelle-moi ta poupée!

La partenaire objecte :

— Je veux bien, ma biche, mais je ne crois pas que tu arriveras à quelque chose aujourd'hui, malgré tes culottes froufrou de grand-mère. Tu ne veux pas que je t'essaie un petit coup de vibromasseur?

— Non. La dernière fois, ça m'a irrité le clitoris.

— On va essayer à l'oigne, pour changer, ma poupée.

Dame Princesse, gênée, nous confie :

— Un vieil huissier à la retraite! Tout à fait charmant, mais plus guère apte à l'amour. Les hommes ont du mal à renoncer.

Je fais un signe de croix afin de me ménager des grâces exceptionnelles pour le jour où.

On se pose en triangle et j'explique à la vieille bordelière ce qui m'amène dans son antre de délices.

— Je viens à propos de l'affaire Marchopaz, chère madame.

— Encore! Que de tracasseries dus-je endurer à propos de cette pauvre Fabienne!

— C'est qu'il s'agit d'un assassinat, madame! Mieux que quiconque, étant veuve d'avocat, vous connaissez la gravité d'un tel acte.

Elle admet d'un sourire craquelé. D'un geste grand siècle, m'encourage à poursuivre.

— L'assassin a encore frappé, mais à Paris, cette fois. Jusqu'à ce jour, nous lui imputons trois meurtres, tous concernant des dames galantes. La personne que vous connaissiez, Fabienne Marchopaz, se distinguait des deux autres par le fait qu'elle opérait discrètement dans cet appartement ; elle ne s'est jamais rendue coupable de racolage sur la voie publique. Conclusion, c'est chez vous que son meurtrier l'a connue, ce qui rend votre témoignage capital, chère madame Princesse. De plus, étant dame de qualité, vous savez juger les êtres, les apprécier à leur juste valeur. Bien que cette histoire remonte à un certain temps déjà, vous avez probablement conservé le souvenir des principales pratiques que Fabienne honorait de ses charmes ?

La très vieillarde se fissure un peu plus en exécutant une moue dubitative (les meilleures).

— La gentille était beaucoup sollicitée, monsieur le directeur, car elle constituait, aux dires de ces messieurs, une « bonne affaire », si vous me passez l'expression. Mettant beaucoup d'elle-même dans l'étreinte. Elle ne fonctionnait pas au chiqué, comprenez-vous ?

— Parfaitement. Cela dit, ses performances devaient lui valoir bien des habitués ?

— Pas mal, en effet.

— Vous pouvez me parler d'eux ?

— Mon Dieu, monsieur, ma maison n'est pas un endroit où l'on se présente en brandissant sa carte d'identité. Mes chers Lyonnais, quand ils viennent, mettent des cache-nez, des lunettes de soleil et rasent les murs.

Parvenant de la chambre « de travail », la voix de l'huissier :

— Non, arrêtez, Adeline, votre diable d'appareil

m'endolore le vagin. Ce sera pour la prochaine fois.
Dommage que votre prothèse de pénis soit en répara-
tion, je la trouve très stimulante. Quand l'aurez-vous à
disposition ?

— Le cordonnier nous l'a promise pour demain,
Alphonsine chérie.

— En ce cas, je repasserai après-demain.

La mère Princesse glousse d'aise.

— L'huissier se prend pour une femme, quand il
vient nous trouver.

— Vous voyez bien que vous connaissez ces messieurs, fais-je. Il en allait sûrement de même pour les
adorateurs de Fabienne Marchopaz. Réfléchissez cal-
mement, exquise hôtesse, passez-les en revue, nous
avons tout notre temps.

— Il serait bon qu'Adeline vînt m'aider, fait-elle.
Elle est jeune, avec une mémoire encore sous garantie !

Elle quitte la pièce pour aller quérir ce renfort
engendreur d'espoir. L'huissier met longtemps à se
rhabiller, sa partenaire prend congé de lui et vient nous
rejoindre dans une robe de chambre irrésistible. Adeline est du genre « brune piquante » parfaitement
épilée à la cire. Elle porte des verres de contact bleus
pour changer son regard sombre, le rendre énigmatique, mais on comprend tout à fait qu'elle était espagnole avant de s'engager dans les troupes prostitution-
nelles.

Le sourire en vingt-cinq centimètres de large, elle est
parée pour l'aventure, Adeline. Son catalogue des
délicatesses à dispose. Commencerait-on par un
broute-minou à la charmante demoiselle pendant que
je lui extrapolerais la voie sur berge ? Ou bien est-ce ma
pomme qu'elle dégusterait en priorité presse, tout en
fourgonnant le cadre de vie de ma gentille ? À voir !

Mais Mémé lui explique le pourquoi de notre visite et

son sourire laisse aussitôt place à une gravité de bon aloi.

Quand on en vient à la Fabienne et sa mort cruelle, ses yeux s'embuent (sans but) et un soupir capable de transformer un préservatif en *Graf Zeppelin* s'échappe de ses soufflets au solide rembourrage.

On se met à évoquer la disparue et je suis agréablement surpris de constater qu'elle en parle fort bien. C'est toujours ainsi quand le cœur participe. La vie de Fabienne Marchopaz ? Pas joyce. La morte avait épousé un homme divorcé, conducteur de trolleybus et grand amateur de beaujolais village. Il rentrait beurré quotidiennement et ne supportait aucun reproche, sinon il y allait à la mandale. Parfois, sa première femme passait à leur domicile pour lui réclamer de l'argent et c'était alors des scènes homériques. Ce nigaud finissait par reprendre sa paie à Fabienne pour la refiler à Marie-Pervenche. Celle-ci, quand elle obtenait gain de cause (c'est-à-dire régulièrement) se troussait haut, tombait son slip et se laissait embroquer toute crue sur la table de la cuisine pour exprimer sa satisfaction à son ancien cornard et faire chier la nouvelle.

De ce fait, on végétait dur dans leur petit appartement de Vaise. Si bien qu'un jour, ayant rencontré une ancienne copine d'école qui s'expliquait chez mamie Princesse, Fabienne avait suivi la filière. Une relative félicité en était consécutée dans le triste foyer. La brave fille gagnait bien son bœuf et réservait une partie de l'osier au ménage, prétextant pour son époux qu'elle avait trouvé un job à mi-temps comme dame de réception chez une avocate. Le reste de son blé-de-fesses, elle le virgulait sur son livret Écureuil ou bien l'utilisait à se sabouler car « Madame » exigeait de la tenue chez ses collaboratrices.

Bon, ça carburait convenablement et puis un triste jour...

Je laisse Adeline purger ses lacrymales avant de la faire redémarrer pour un tour. J'aborde la question des habitués. Fabienne lui a-t-elle confié que l'un d'eux lui avait demandé de la rencontrer en dehors de ses heures de bureau ?

La fille hoche la tête : elle n'a aucune mémoire de la chose.

Je ne m'avoue pas vaincu (vingt culs) :

— L'un de ces messieurs retenait-il l'attention de Fabienne ? Avait-il un comportement différent de celui des autres ?

De rechef (de gare) elle dubite. Répond que chaque client a ses marottes, ses petites exigences. Au fond, elle me tient le même langage que Natacha, la radasse du Bois.

Les hommes sont empêtrés dans leurs fantasmes comme des spaghettis dans du parmesan fondu. Ils « s'arrangent » avec, comme ils peuvent, aidés par des êtres devant lesquels ils n'ont pas trop honte d'avoir honte ; mais ils en ont marre de charrier leurs sales secrets. Lourd fardeau, qui les épuise à la longue. Ils croient naïvement que ce qui n'est pas connu n'existe pas. Seulement si, mes cons : ça existe. Ça existe pour vous. Les autres s'en tamponnent de vos turpitudes, vous non. Le drame, votre drame, c'est que vous ne pouvez pas vous fuir.

— Gentille amie, soyez tout à fait coopérative, décrivez-nous ses principaux habitués : leur physique, leurs manies, leur nom, naturellement, quand vous le connaissez.

Elle réfléchit avant d'entamer une rétrospective :

— Il y avait M. Léo, le charcutier. Quand il venait, il lui apportait toujours un petit quelque chose : une rouelle de porc, du boudin avec des godiveaux (1), des pieds de cochon vinaigrette, que sais-je ! Il gueulait comme un fou en prenant son pied à lui !

— Adeline ! morigène la douairière. Parlez correctement, je vous prie !

La rabrouée rebiffe :

— Enfin, madame, je ne mens pas, vous savez bien que M. Léo pousse des cris de centaure ! Même que vous vous mettez au piano quand il part en jouissance pour essayer de couvrir un peu.

La Princesse hoche la tête.

— Nous avons peu de bruyants, Dieu merci.

— Qui d'autre ? engagé-je.

Adeline sourit.

— Oh ! oui : y avait celui qu'on appelle l'Enrhumé, parce qu'il passe son temps à renifler. Un vieux bonhomme qui pue la naphtaline et qui suce des pastilles Valda. C'est Lili qui en a hérité depuis la mort de Fabienne.

Re-larmes.

Et alors c'est là que Marie-Marie qui n'a pas encore ouvert la bouche, demande d'une voix ingénue :

— Mesdames, parmi les habitués en question, y en a-t-il un qui ait cessé de venir ici depuis le drame ?

Ça, tu vois, alors oui, c'est une bonne question ! La leur a-t-on posée, aux dames putasses ? Probablement que non puisque au moment du crime on manquait de recul pour qu'elle vînt à l'esprit.

Elles se dévisagent, troublées, les méninges en surchauffe, s'interrogeant en silence, parce que du regard.

— Quasimodo ? hasarde Madame.

Mais Adeline secoue la tête.

— Pensez-vous ! Il était encore là, la veille de

_____

(1) Dans la région lyonnaise, le godiveau est une mince saucisse de porc vendue au mètre.

Pâques. Il a choisi Marie-Blanche et a voulu qu'on lui enfile le gros gode !

— C'est juste. Vous voyez quelqu'un d'autre, ma chère enfant ?

La physionomie avenante de l'ancienne Espagnole devient une vitrine de Noël. La joie d'avoir trouvé l'illumine de l'intérieur et ça déborde à la surface.

Au lieu de me parler à moi, c'est à sa taulière qu'elle s'adresse :

— Madame, vous rappelez-vous ce monsieur bien qu'on avait surnommé « Le Baron » ?

— Si fait, mon enfant. Mais si vous voulez bien faire confiance à ma psychologie, il est hors de question de le soupçonner. Je m'y connais en hommes, lui c'était un gentleman, la preuve le sobriquet dont vous l'aviez affublé.

— Exquise madame, interviens-je, j'ai eu affaire à beaucoup de gentlemen que des courants passionnels entraînaient aux abysses et qui, tandis que nous devisons, purgent de longues peines en des geôles surbondées.

Elle secoue sa tête, inconvaincue.

— Je doute que notre « Baron » fasse votre affaire, cher monsieur. C'était un homme délicieux, plein de maintien, à l'air grave et pensif. Tenez, il me rappelait feu mon époux !

— Que pouvez-vous me dire de lui, l'une et l'autre, mesdames ?

— La cinquantaine, déclare Mme Princesse, une calvitie intelligente, un regard pénétrant, des vêtements confortables mais de chez le bon faiseur.

Elle se tait, je me tourne vers sa pensionnaire.

— La première fois qu'il est venu chez madame, dit cette dernière, il a choisi Fiona, une petite Italienne qui n'est pas restée longtemps chez nous. Au moment de son choix, Fabienne se trouvait en salle de travail avec un marchand de vin. Donc, le « Baron » a pris Fiona. Il n'est pas demeuré longtemps avec elle. Fiona m'a raconté après qu'il l'a seulement fait mettre nue et à quatre pattes. Comme il partait, Fabienne est sortie de sa chambre. En l'apercevant, le « Baron » s'est ravisé. Vous vous souvenez, madame ? Il est reparti pour un tour avec elle en exigeant qu'on lui donne la même chambre que le marchand de vin, sans changer les draps de travail. Vous dites « un gentleman », excusez-moi, moi je prétends : un viceloque !

Marie-Marie est frémissante, se penchant sur moi elle me chuchote à l'oreille :

— Tu sais qu'on vient de mettre dans le mille, Antoine ?

Oui : je sais. Plus que les éléments, il y a l'instinct. Je murmure :

— Grâce à toi, Moustique !

Adeline continue :

— Paraît qu'avec Fabienne, il a été superbe, le « Baron ». Il en avait une à casser la mâchoire d'un gendarme !

— Adeliiine ! égosille la vieillasse, terrifiée.

— Excusez-moi, mais pourtant c'est vrai, madame.

J'enregistre les détails rassemblés à propos du mec : calvitie distinguée, regard pénétrant, allure noble, mise de très bon ton, gros sexe... (et ce sont des putes qui l'affirment !).

— Sa couleur d'yeux, je vous prie ?

— Noirs, fait la duègne.

— Châtain clair ! clame sa gagneuse.

— Taille ?

— Grand ! assure la vieille.

— Moyenne ! corrige Adeline.

— Signes particuliers ?

— Aucun ! font-elles de concert.

— Avait-il un accent quelconque ?

— Non, conviennent-elles en simultané.

La Vioque ajoute :

— Il s'exprimait lentement et avait un phrasé superbe.

Là, deuxième question archipertinente de Marie-Marie, décidément « incontournable » :

— Qui l'avait surnommé « le Baron » ?

— Fabienne ! répond spontanément Adeline.

— Pour quelle raison ?

— Il portait une chevalière avec un écusson dessus.

Je me sens bénaise, chaviré comme dans une cave bourguignonne. Le fumet de l'espoir, ses éthyliques vapeurs m'enveloppent le ciboulard comme la serviette chaude que te proposent les loufiats chinetoques en cours de repas mandarinesques.

« Calvitie distinguée, regard pénétrant, mise de très bon goût, allure distinguée, gros sexe, chevalière armoriée... » Ça se charpente doucettement, se complète...

— Avait-il un accent étranger ? demande encore ma petite fouine.

— Oh ! pas du tout ! proteste la dame Princesse, comme si, à ses yeux, venir d'ailleurs constituait une lourde faute.

Si elle accomplit son devoir civique, la duègne du cul, elle vote Le Penis, espère !

— Au cours de ses visites chez vous, a-t-il laissé entendre, à Fabienne ou à quelqu'un d'autre, ce qu'étaient ses occupations ?

À nouveau, elle s'entre-sondent du regard, chacune escomptant de l'autre quelque détail déclencheur. Mais « ça ne vient pas ». On sonne en coulisse et Madame va déponner.

Pendant son absence, j'insiste auprès d'Adeline pour qu'elle stimule sa mémoire. Voyons, ce « Baron », il venait d'où ? Il faisait quoi ? À quelles heures fréquentait-il l'appartement de la vieille ?

— Vous comprenez, dit Adeline, je ne l'ai jamais essoré personnellement. Exceptée Fiona, la toute première, il n'en avait que pour Fabienne. Ce que je peux vous dire c'est qu'il venait toujours en début d'après-midi.

— À quelle fréquence ?

— Variable. Il lui est arrivé de s'annoncer deux jours de suite, mais de rester plus d'un mois sans se montrer.

— Pourquoi toujours en début d'après-midi ? murmure Marie bis.

— C'est fréquent, révèle la fille : la digestion qui « les » incite !

La mactée revient et annonce l'arrivée du Pierrot Gourmand.

— La barbe ! soupire Adeline.

— Je vous en prie, mon enfant ! morigène Tatie Pain-de-Miches, ce qui se fait dans l'aversion est toujours bâclé. Par les temps qui courent, où ces messieurs rognent sur les dépenses jusque dans leurs coïts, on ne peut pas se permettre le moindre laisser-aller avec la clientèle. Je vous concède que cet homme au visage enduit de crème blanche n'est pas ragoûtant, pourtant il vous faut faire avec. Et bien faire !

Nous prenons congé peu après ces nobles paroles dans lesquelles s'affirme la permanence des grandes vertus françaises.

Ce serait tirer à la ligne que de te raconter notre détour par Bourg-en-Bresse où nous allons enquêter à propos du premier des trois meurtres connus. La vieille radasse trouvée dans une canalisation est oubliée et aucun de ses voisins ne se rappelle avoir aperçu à Brou d'homme correspondant au signalement du « Baron ».

Nous regagnons donc Paris à la modeste vitesse de 195 km/h, c'est ce que nous révèlent deux motards époustouflés par mon allure d'abord, puis par ma qualité de directeur de la Rousse ensuite. Le double salut militaire dont ils ponctuent mon départ, après leur absolution, est d'une rigidité marmoréenne qui en dit long sur leur admiration. Ils ne rompent que lorsque l'horizon nous a engloutis, c'est-à-dire dix secondes plus tard.

Le brigadier Mornefleur, « mon » planton (Alain Bombard l'écrirait plancton), se lève à mon approche et gardavouse comme un fou. C'est à la fois marrant et chiant d'inspirer le respect. Note que ce n'est pas moi qu'on salue, mais ma fonction. C'est marrant parce qu'un bonhomme qui se liquéfie à force d'obséquiosité quand tu te pointes a quelque chose de profondément ridicule ; et puis c'est chiant parce que la chose m'inspire une intolérable gêne. « Qui es-tu, pauvre San-Antonio, pour provoquer de l'émoi chez les autres ? »

— Monsieur le directeur, je dois vous prévenir que l'officier de police Pinaud se trouve dans votre bureau. Il a exigé que je le laisse entrer, alléguant que le sien est en réfection et qu'il préfère occuper le vôtre plutôt que celui de Bérurier. Il montrait tant d'assurance que, sachant l'amitié qui vous lie...

Je donne une tape napoléonienne sur l'épaule de Mornefleur.

— Te casse pas le cul, grand, t'es plus sous l'ancien régime ! Les Bourbons, c'est fini, on est en République, maintenant !

Et je rentre dans mon antre.

Une fort belle musique m'accueille : la *Suite anglaise n° 3 en la mineur* de J.-S. Bach, interprétée à la guitare par Maya Obradovic et Christopher Leu.

J'avise un cassettophone miniaturisé, posé sur le plancher, contre un fauteuil dans lequel dort l'Ineffable. Saboulé London, l'Ancêtre. Bleu croisé agrémenté d'un léger fil gris, chemise ciel, cravate club marine et rouge. Son chapeau Pinay repose sur ses genoux. Il a la

bouche ouverte et son ronflement agite le mégot de la
Boyard maïs collé à sa lèvre inférieure, comme le vent
la balise d'un aéroport.

Il est rasé, mais des touffes omises continuent de
croître sur sa peau de dindon. Ma venue lui fait ouvrir
un vasistas, puis deux. Son cher bon vieux sourire fait
choir le mégot, éteint depuis lurette, heureusement.

Il se rassemble, prend appui sur les accoudoirs et se
lève.

— On m'a dit que tu te trouvais à Lyon ?

— Je.

— Je pense que tu es allé interroger la mère maque-
relle qui « employait » la seconde victime ?

Un vrai flic, la Pine ! Y a rien à lui apprendre : il sait
tout ; et même il pourrait donner des cours aux jeunots
qui nous arrivent des écoles de commissaires.

— Gagné ! applaudis-je. Dis, ça t'a rudement fait du
bien de « prendre les eaux », tu as rajeuni !

Il glousse :

— Les eaux avaient le goût du pouilly fumé, mon
cher. Non, le rajeunissement provient d'un remède
helvétique dont je fais une cure et, surtout, surtout,
d'une aimable jeunette de vingt-quatre ans à laquelle je
m'abreuve comme à une source de jouvence !

— Parfait. Dites-moi, docteur Faust, il paraîtrait que
vous vous intéressez à l'histoire Larmiche ?

— Tu sais bien que toute affaire passionnante me
saute dessus comme des poux de corps sur un clodo !

— Tu as fait un tour d'horizon ?

— Mieux que cela, Antoine, mieux que cela.

— La curiosité me gratte !

Le Vioque époussette d'un coude de turfiste en tenue
le bord de son feutre neuf.

— J'ai retrouvé l'automobile qui a écrasé ton ami
Larmiche.

Il guigne ma réac de ses yeux en trous de pine blennorragique.

— Se peut-ce ? balbutié-je.

— Elle a été louée au garage Labielle, au Point-du-Jour, le matin du meurtre, par un type du nom de Georges Fromentino, peintre en bâtiment domicilié à Saint-Ouen, 16 rue Bernard-Soultan (1).

— Mazette ! Tu as été vite en besogne, Chère Loque Holmès ! Comment t'y es-tu pris ?

— Le cartésianisme, mon cher.

— Tu ne pourrais pas arrêter cette sublime musique et m'en dire davantage ?

Il débranche son appareil.

— De plus en plus, j'ai besoin de grande musique, me confie-t-il.

— Pour t'endormir ?

— Et pour penser. Elle nous éloigne de ce monde terre à terre qui nous écrase l'âme. Vois-tu, quelque chose me troublait dans le meurtre de Larmiche : une vieille concierge l'avait vu perpétrer mais n'avait pas donné l'alarme sous le fallacieux prétexte qu'elle avait peur et ne disposait pas du téléphone. Je m'étonne que vous ayez encaissé l'argument argent comptant ! Comment, cette femme voit écraser un homme sous ses fenêtres, l'automobiliste s'acharne sur lui, puis s'enfuit, le corps reste inanimé dans la rue et la pipelette va se coucher comme si de rien n'était ? À d'autres, Antoine ! À d'autres !

— Alors ?

— J'ai rendu visite à la dame qui, soit dit entre nous n'est pas si vieille que ça.

— Par rapport à toi ! gouaillé-je.

(1) Explorateur français qui découvrit La Montagne Sainte-Geneviève, le Marché Biron et la partie nord des Caves du Vatican.

Il ramasse son mégot sur la moquette et le rallume avec circonspection.

— Précisément, je crois que mon âge l'a mise en confiance. Ma perspicacité et mon ton rassurant ont fait le reste. Bien qu'étant âgée de soixante-douze ans, la chère femme a un amant : son locataire du troisième, un retraité des douanes du même âge qu'elle. Ils se trouvaient au lit lorsque la chose s'est produite et c'est une pudeur de vieille petite fille qui l'a retenue de rameuter le voisinage. Césaire Vidangé, son Roméo, porte une prothèse : la jambe droite, ce qui lui prend un temps fou pour se rhabiller. Alors ils ont décidé de se taire.

« Je suis allé voir l'unijambiste et l'ai accouché proprement. Sa dulcinée ayant parlé, ça n'a pas été trop difficile. Un ancien fonctionnaire, homme de devoir, tu penses ! Lui, il a su me parler de la voiture : une grosse Opel vert foncé. De même, il avait mémorisé la plus grande partie du numéro, si bien qu'en moins d'une heure j'ai pu retrouver le véhicule. Il a été rendu au garage le lendemain. Il avait été lavé, mais la calandre était défoncée ; le loueur prétexta que l'ayant garé devant son domicile, il l'avait retrouvé dans cet état. La compagnie a l'habitude de ce genre d'accident, d'ailleurs le dénommé Fromentino avait souscrit l'assurance qui couvre de tels dégâts, peu importants au demeurant. »

J'opine en souriant.

— Bravo, César ! Quand je pense que plusieurs types qualifiés ont interrogé la concierge ! Tu es irremplaçable.

Il hoche sa tête désabusée et se hâte de déballer l'un de ses chers lieux communs :

— Les cimetières sont pleins de gens irremplaçables !

— Dis-moi tout. Tu as rencontré ce Georges Fromentino ?

— Ce n'est pas possible.

— À cause ?

— Il est mort l'an dernier en tombant d'un échafaudage : il était père de quatre enfants.

Un silence religieux.

Opportun.

Je prends place dans mon fauteuil pivotant. De tels sièges sont berceurs. Tu dodelines du prose, là-dedans.

— Cette histoire est passionnante à souhait, n'est-ce pas, Pinuchet ?

— Je te l'ai déjà dit.

— Bien entendu, tu as le signalement du faux Fromentino ?

Il fouille ses fringues neuves et extrait un rectangle de croco aux coins renforcés or dix-huit carats. Des feuillets de beau papelard sont fichés dans les encoches ménagées dans les angles. Le premier est couvert de l'écriture penchée pinulcienne, riche en boucles, pleins et déliés. Il se relit :

— Taille moyenne, canadienne de cuir fourrée mouton, casquette de sport à carreaux, moustache à la Vassiliu ; néanmoins aspect homosexuel.

Là, il a dû mal écrire car il bute sur un mot :

— Œuf cassé... Non, pas œuf ! Voix ! Voix cassée, j'avais mal fait mon « f »... Pièces produites : permis de conduire et carte d'identité nationale. A réglé en espèces, A eu du mal à faire démarrer la voiture. Ne s'est pas déganté, même pour remplir la fiche de location.

— Il serait intéressant d'avoir cette dernière, dis-je.

Pinauder sourit comme un mouton qu'on tond au début des grosses chaleurs.

— J'en ai fait prendre une photocopie au garage Labielle et j'ai confié l'original à Mathias.

Rien à dire ! C'est la perfection absolue. Un modèle d'enquête.

Je visionne ma tocante pur jonc.

— Ça te dirait qu'on clape ensemble, César ?

— Volontiers, mais j'ai ma jeunesse qui m'attend.

— Apporte-la, moi aussi j'en ai une. On se dirige vers quoi, l'Ancêtre ? Le fruit de mer ou la choucroute ?

— Ma tendre petite camarade est italienne, plaide Pinuche.

— Alors ne la privons pas de spaghettis. Je connais un rital de première bourre près des Champs-Zé.

Tu sais qu'elle n'est pas mal du tout, la conquête de Pinuche ? Ce qu'on arrive à faire avec du blé, tout de même ! Je m'attendais à de l'ancillaire mal fagotée, aux cheveux gras sentant l'anchoyade, et voilà que le Débris nous amène une jeune femme bien mise, brune aux yeux bleus, l'air intelligent et sympathique. En l'apercevant, une brutale question m'assèche comme les Marais-Pontins du regretté Duce : où diable est-il allé pêcher cette exquise personne ? Je ne reste pas longtemps à macérer dans la saumure de la curiosité, comme l'écrit si justement Tailleur-Grillet.

— Mlle Ferrari est la secrétaire de mon homme d'affaires, explique César Pion.

Je file une œillée éloquente à la gosse. Bien joué, môme ! Elle sait le pognon que Pinochet rentre des U.S.A. avec les royalties perçues sur je ne me souviens plus quelle pâte dentifrice. Un vieil « ami » sincère bourré d'artiche, par les temps qui courent, ça vaut un livret Écureuil. Il est si gentil, mon Pinaud, qu'on peut l'écumer à la louche comme un pot-au-feu. Je remarque la montre et le collier Panthère de Cartier qui scintillent à son cou et à son poignet, de même que le tailleur Chanel et le sac Hermès. Elle doit l'éponger sans fébrilité, la petite gentille. Avec tact et discernement, tout en le régalant à mort de ses charmes somptueux. Dans le fond c'est bien comme ça. Toujours être aimé pour soi-même, ça finit par devenir chiant. Ça t'implique trop, te crée des obligations, et même des devoirs. Tandis qu'être chouchouté pour ta fraîche, ça te laisse l'esprit et le cœur en repos. Tu sais où tu vas et tu y vas tant que ça t'amuse. Tu peux crier « Pouce ! » à tout instant.

On prend tous des tagliatelles comme entrée, suivies d'un osso-buco réputé dans le monde entier, depuis l'avenue Montaigne jusqu'à l'avenue George-V. Le tout arrosé d'un *vino rosso* qui a un goût de cassis. Au début, on devise de toux et d'Orient, de l'appui et du Bottin, par égard pour la potesse de César. Mais des flics, c'est kif des vicomtes : quand ils se rencontrent, qu'est-ce qu'ils se racontent ? Des histoires de vicomtes !

L'affaire Larmiche remonte à nous, telle une marée d'équinoxe. On commente les résultats de Pinuche ; de ce côté, on tient le bambou, comme dit Bérurier. Côté « Baron », ça devrait usiner également maintenant qu'on dispose d'un bout de signalement. Par contre, restent en panne le dénommé Lugo Lugowitz et sa camarade Charlotte. Que cherchaient-ils dans la voiture de « Tarte aux fraises (des bois) » ? Ils semblent s'être volatilisés, comme on écrit dans les puissants ouvrages d'action. À signaler aussi (et même surtout) l'assassinat de « Friandise » chez la mère Larmiche. Là, c'est le calme plat : « les voiles de l'enquête pendent lamentablement ».

Je décarre en pleine nébuleuse, survolant le désert du Nouveau-Mexique à tire-de-pensées. Trois éléments réunis : le sadisme, la drogue et un mystère nommé Lugo.

On grignote les cubes de parmesan servis en amuse-gueules, tout en sirotant nos américanos. On fait gamberge à part. Juste la secrétaire qui continue de verbier (du verbe verbiage) à propos d'un merveilleux film qui vient de sortir et qu'elle a déjà vu trois fois.

Un serveur italoche aux cheveux luisants et aux favoris bas nous apporte un immense plat de terre empli de tagliatelles crémeuses et entreprend de nous servir avec des gestes d'illusionniste. La *pasta* est belle, noble, grouillante. Boisseau de menus reptiles jaunes. Pinaud conseille que nous mettions notre serviette sous le menton : à la paysanne, sinon les tagliatelles vont nous investir le plastron.

En fin de compte, il est le seul à le faire. La *pasta,* faut être rital pour la manger sans anicroche. Même les gens de la gentry la bouffent façon cador, les naseaux au raz de la gamzoule, là-bas. Nous, avec nos façons de maniérer, on cherche à trop bien faire et c'est bénéf pour le teinturier.

On est là, à s'évertuer comme des malheureux lorsque tout à coup, comme j'aime à dire, Marie-Marie pousse un cri et s'arrête de claper. Elle porte sa servtouze devant sa bouche et, très sans doute, y rejette un corps étranger aux tagliatelles. Ayant procédé, elle s'excuse et, discrètement, explore les plis de la serviette. On attend des nouvelles. Elle nous en donne. L'ayant essuyée, elle nous montre une chevalière d'or qui lui a échu.

— Tu as trouvé ça dans tes pâtes ? s'étonne César.

Je hèle le *signor* Castapiane, directeur heureux du *Vésuvio ardent.*

— On tire les rois, ce soir, chez vous, Giani ?

Il ne pige pas, ou n'ose comprendre. On lui explique. Il pique alors une scène de désespoir, comme à la Fenice lorsque Manon est morte. Il annonce qu'il renverra son personnel, qu'il va changer nos assiettes, notre plat ; qu'il nous fait cadeau du repas, qu'il offrira du champagne au dessert, que la dame du vestiaire nous fera minette ou une pipe à tous, qu'il nous invite à passer les vacances dans sa maison de Castelnuove. Il pleure. Parle de déshonneur. Qu'à la fin je le colmate :

— Allons, Giani, il ne s'agit pas d'un préservatif usagé, pas même d'une prothèse dentaire, mais d'une simple bague. Trouvez son propriétaire et rendez-la-lui.

La chevalière est ornée d'un camée pâle qui représente Cupidon assis sur un paratonnerre.

— C'est celle du chef, assure Giani. Il a beaucoup maigri ces derniers temps, ce qui explique qu'il l'ait perdue en « manœuvrant » ses pâtes.

L'incident est clos. Le parmesan reprend ses droits, le chianti de même. Pourtant, Marie-Marie reste songeuse.

— À qui penses-tu ? finis-je par m'inquiéter.

— À la chevalière du « Baron » qui comporte un écusson.

— Et ça t'inspire quoi ?

— S'il l'avait perdue en plaçant le corps de la femme dans l'auto de Larmiche ? Ça expliquerait qu'il retourne la chercher ?

— Donc, le sadique serait ce Lugo Lugowitz que Mathias a formellement identifié ? Et ce malfaiteur international chercherait sa chevalière perdue en compagnie d'une femme prénommée Charlotte ? Et il la chercherait D'ABORD dans l'habitacle de la voiture, et non dans le coffre, alors qu'il ne se serait servi que de ce dernier pour y déposer le cadavre ? Pas très probant, ma puce.

Elle renonce d'un haussement d'épaules. Pourtant, l'incident rigolo de la chevalière dans les pâtes lui a « déclenché » quelque chose.

— Demain, dit-elle, si tu le veux bien, je ferai bande à part.

— Si tel est ton bon plaisir...

# CHAPITRE NEUF

## CELUI DE TOUS LES DANGERS !

Nous attendons, Béru et moi.

Tu sais où ?

Dans la salle d'attente, justement.

Pas banal, hein ?

Il a trouvé un numéro dépenaillé du *Nouvel Obs* et le feuillette à l'envers. Par moments, il se penche de côté sur son siège de cuir afin d'en libérer un chouette qui claque dans la pièce comme un sac en papier gonflé d'air. Moi, étant mouflet, je faisais toujours éclater les sacs de café vides. En les emplissant de mon souffle, je reniflais l'exquise odeur de torréfaction. Le sac était épais, doublé parfois, il fallait frapper fort pour qu'il explose.

À chacun de ses pets. Une vieille religieuse à chapelet incorporé, sursaute, interrompt le mouvement patenôtreur de ses lèvres pâles, écoute, puis comme rien ne se reproduit dans l'immédiat, repart à la conquête du Paradis.

Enfin la porte s'entrouvre et le docteur Desanges paraît, dans sa blouse blanche sur laquelle est épinglé un badge rouge portant son nom.

— Oh ! c'est vous, murmure-t-elle avec un léger sourire.

Elle n'a pas dit « encore », mais je suis certain qu'elle a pensé cet adverbe équivoque.

Je la rejoins. Béru veut en faire autant, d'un geste je lui intime de rester sur son instrument à vents.

Elle me guide à son cabinet de l'hôpital situé au même étage. Une bibliothèque garnie de forts volumes rébarbatifs, un bureau, deux fauteuils.

Je prends place.

— Docteur, pardon de vous importuner en plein travail, je voudrais simplement vous demander les coordonnées de l'agence de police privée que vous avez chargée de suivre Larmiche.

Elle ne me pose aucune question, saisit son sac à main sous son bureau, l'ouvre pour y prendre un petit répertoire de cuir bordeaux qu'elle feuillette.

— Agence Vigilos, 16, rue Potron-Minet, dans le 8e.

— Merci, ce sera tout.

Elle laisse tomber le carnet rouge dans la gueule béante de son Hermès.

— Vous progressez ?

— Dans notre fichu métier, on ne progresse jamais véritablement, simplement on arrive au bout de nos peines à un moment donné, dans les meilleurs cas.

Je me relève.

— J'espère que vous ne me prendrez pas pour un malotru outrecuidant, docteur, si je vous dis que je vous trouve très belle ?

Elle se dresse.

— C'est ma mélancolie qui vous touche, soupire-t-elle. Les hommes d'action ont un faible pour les femmes désemparées.

Tiens : même langage que Marie-Marie.

On s'arrête à la porte. Elle me tend la main. Je m'en saisis et la porte à mes lèvres après l'avoir conservée un instant entre mes dix doigts, comme une colombe qu'on réchauffe, ainsi que l'a écrit la comtesse de Paris dans son traité de puérile culture.

Mon baiser, très chaste n'en est pas moins appuyé et générateur d'humidité. Je la fixe d'un œil glauque.

— Je sais que nous nous reverrons, balbutié-je.

Moue évasive. Me risqué-je pour une galoche ? Non, il est préférable de différer. Là, c'est l'opération « mise en alerte ». Ne brusquons pas l'inéluctable, puisqu'il est inéluctable.

L'Agence Vigilos a pignon sur rue. Immeuble moderne, quatrième étage. Double porte en verre fumé, plaque de cuivre grande comme une planche à découper le gigot.

Quand tu entres, t'es assailli par une musique d'ambiance qui te joue le grand air de *Madame Butterfly*. Moquette vive, bureau composé d'un bloc de marbre derrière lequel une secrétaire pour magazine « Culs et chemises » téléphone à son ami Matthieu pour lui annoncer que sa salpingite va beaucoup mieux, de même que son herpès et son eczéma purulent : y a plus que sa vitesse de sédimentation qui péclote encore.

Un vaste portrait de Léopold Chirac, en couleurs surnaturelles et fluorescentes décore (si on peut dire) le mur au-dessus du canapé.

La secrétaire : une rousse excessive (y avait pas besoin d'ajouter de l'orangé) cesse d'exciter Matthieu pour s'occuper de nous.

Je lui demande le directeur. Elle me répond qu'il est en communication avec l'étranger et qu'est-ce que je lui veux-t-il ? Je lui ferais bien le coup de la fameuse blague en lui répondant : « Je viens opérer le branchement de son appareil téléphonique », mais je me contente de lui produire ma nouvelle carte gravée dont les lettres noires, en relief, brillent comme des carapaces d'insectes.

Ça l'époustoufle à mort.

Elle décroche à tâtons son biniou et sonne le singe.

— Le directeur de la Police judicieuse est là qui demande sur vous ! annonce-t-elle.

Je perçois un vol de points d'exclamation et d'interrogation qui tire-d'ailent dans le burlingue. Puis le gonzier, renonçant à sa communication avec Washington ou Pointe-à-Pitre demande qu'on me fasse entrer.

Béru, que la secrétaire intéresse, me laisse vaquer. Je pénètre dans un bureau ultramoderne, avec des feuillages artificiels qu'on dirait des vrais et des giclées de foutre séché sur la moquette où le dirloche tire probablement la rouquemoute lorsque sa bibite réclame.

Lui, c'est un gars à l'air madré. Pas le miteux privé des films « B » français, mais un garçon saboulé milord, portant lunettes d'or, qui ressemble à l'excellent acteur Arditi.

Il vient à ma rencontre, comme le fit Hitler pour accueillir Pétain à Rethondes. De noires inquiétudes assombrissent son front.

— Ma secrétaire me dit que vous êtes le directeur de la P.J. ? fait-il avec un soupçon d'incrédulité.

— Elle n'est pas la seule à prétendre cela, fais-je en lui cloquant une seconde carte (j'en ai un stock inépuisable que m'man distribue chez les commerçants de Saint-Cloud, comme si j'étais un nouveau kinési qui cherche à se faire connaître !).

Ce brave Saint Thomas de la Poule marginale prend connaissance, masse la gravure d'un pouce connaisseur, puis dépose mon bristol sur son burlingue comme s'il s'agissait d'une relique précieuse.

— Je ne vois pas ce qui peut… Je suis parfaitement en règle et ne traite que des… Ma vie professionnelle est irréprochable.

— On se calme ! lancé-je gaiement.

Je m'assieds et, inversant les rôles, l'invite à m'imiter.

Il a le tic de tous les porteurs de besicles : il appuie

toutes les quatre secondes sur le haut de la monture, comme si ses verres lui glissaient du pif.

— Il y a peu de temps, le docteur Desanges vous a confié un travail délicat, monsieur... heu ?...

— Larigot !

Il rougit, retire carrément ses besicles comme pour ne plus me voir (politique dérivée de celle de l'autruche).

— Je suis lié par le secret professionnel, il éperduse.

Je ris très fort, comme le Général de Gaulle quand on lui parlait de Lecanuet.

Me penche sur son établi.

— T'envole pas, mec ! lâché-je. Secret professionnel, mon cul ! Tu te prends pour le professeur Schwartzenberg ou quoi ? Écoute-moi bien, fiston : tu me racontes tout, du début à la fin, et si tu rates un point virgule (1), t'auras plus qu'à dévisser la belle plaque de cuivre qui blinde ta lourde. Tu crois comprendre, dans les grandes lignes, ce que je t'expose là ?

Il assentimente de la tronche.

— Bien, dis-je. En ce cas, cher monsieur Larigot (2), je vous écoute.

Alors là, franchement, il devait être bon en dissertation, au lycée, car il balance bien, d'une voix parfaitement timbrée pour la délivrance rapide du courrier, excellent vocabulaire de communication, expressif, sans fioritures encombrantes.

Il achève et j'applaudis.

— Bravo, mon cher Larigot, voilà du bon travail qui m'inciterait à vous proposer de quitter le privé pour entrer au service de la nation. Mais hélas, vous y

(1) Le signe de ponctuation le plus délicat à manier !

San-A.

(2) Fais-moi confiance, il y aura bien un moment où je te caserai un quelconque « J'attire Larigot », tu me connais ?

gagneriez moins d'argent. Êtes-vous disponible, présentement ?

— S'il le faut.

— Il le faut. Nous allons partir, Larigot (1).

— Pour aller où ?

— Devinez ?

— Je crois savoir.

— Alors, allons-y, Alonzo !

Béru remet sa monstrueuse queue dans son bénouze
à notre arrivance. La secrétaire est chiffonnée et pousse
pudiquement du pied sous le bureau son mignon slip
qui gît sur le plancher.

— J't'appellererai dès qu'possib', môme, qu'on
continuasse c't' converse à bâton repu ; n'en attendant,
travaille-toi la moniche à l'aubergine vas'linée, manièr'
d'me faciliter la maneuv'. On n'a rien sans mal, ma
poule. Mais après, tu verreras comme t'auras la chattoune confortab' ; les mecs qui t'lim'ra, y z'auront la
bite en vacances. T'enfiler, c's'ra mieux qu'de faire d'la
chaise longue, j'te promets !

« Et puis, pour c'qu'est d'ton ex-zéma, t' caille pas la
laitance ; t'es pas la pr'mière à t' trimbaler la carte du
Brésil su' le cul ! »

Un qui en pousse une bizarre, c'est le pauvre Larigot.
Dans l'escadrin, Béru lui serre la main.

— Très sympa, vot' escrétaire, lui dit-il. Un peu
intimidée du fion, mais j'croive qu'c'est la forte personnalité d'mon braque qui lu fait ça.

C'est la vraie brasserie parigote, comme j'aime. Le
comptoir-autel où se sacralise la vie de l'établissement,
avec un gros taulier bougnat à peau blême (à l'excep-

_____

(1) Ça y est ! Tu vois, ça n'a pas traîné !

San-A.

tion du pif), moustache de rat, calvitie plate, œil paterne, chemise vert-moisissure (1).

Chaque billet qu'il engrange est un petit coït de coq. Il surveille tout, ne rit jamais et écoute les discours des ivrognes comme s'il s'agissait des vœux du président de la République.

C'est, à mes yeux, l'un des personnages les plus rassurants de France, le Rocher de Gibraltar de la limonaderie nationale. Il doit baiser, bien sûr, et qui sait : se reproduire ? Mais un vrai bistrotier bougnat ne peut être autre chose qu'un *self made man*. Il n'est né que de sa race, de lui-même et d'une vocation profonde.

Il nous accueille d'un : « Ces messieurs ? » parcimonieux et presque hautain (hautain en emporte le vain).

Nous retenons une prosternation spontanée et cernons une table de marbre cerclée d'étain.

Deux demis panachés et un grand côtes-du-Rhône nous rejoignent.

Larigot regarde avec attention les clients de la brasserie.

— Il n'est pas encore là ! fait-il enfin.

— Vous croyez qu'il viendra ?

— À trois reprises il s'est annoncé à midi tapant.

L'horloge de l'établissement, belle œuvre octogonale à carrosserie noire incrustée de nacre, marque moins vingt de midi.

— On a tout not' temps, apprécie Béru. J' clap'rais bien un sandouiche-rillettes comme apéritif. Moi, si j'prends pas un p'tit casse-dalle avant l'repas, j'mange de moins bon appétit.

_____

(1) Les chemises des patrons de café ont des couleurs d'une extrême rareté, principalement en ce qui concerne les bordeaux-dégueulé, et les jaune-bile.

San-A.

Le loufiat qui est présent enregistre la commande.

— Avec beurre ? demande-t-il.

— Avec beurre, cornichons, jambon et fromage, comme tous les authentiques sandouiches-rillettes, mon pote !

Béru le regarde s'éloigner en soupirant.

— Quand j'repense à mes caillettes de l'Ardèche, j'ai envie d'chialer. La prochaine fois, j'me les ferai espédier poste restante. À propos : Berthe est à l'hosto des Quinze-Vingts, rapport à une décollure d'la rétine consécutif à un d'mes marrons. J'croive qu'celle-là, elle s'en rappellera !

— Attention ! Le voilà, souffle Larigot.

Je me retiens de mater tout de suite. Surtout ne pas troubler le « fournisseur » de feu Larmiche. Je prends tout mon temps avant de lui filer le coup de périscope qui me décolle la rétine, à moi aussi.

Plutôt inattendu. C'est un monsieur de quarante-cinq berges environ, habillé de sombre, avec une serviette de cuir et un parapluie. Sérieux comme un type qui vient de découvrir l'amant de sa femme dans la penderie de leur chambre.

On voit qu'il est un habitué car Gustave, le loufiat, lui apporte, sans qu'il l'eût demandé, un grand Campari soda avec une tranche d'orange. Au bout d'un quart d'heure, un gars vient le rejoindre. Un homme en grand deuil, avec une mèche de cheveux à la Hitler devant les yeux. Lui aussi est muni d'un pébroque. Je sais que le temps est incertain mais ça m'étonnerait qu'il vase. On peut à la rigueur s'attendre à de la neige, mais parcimonieuse. L'arrivant pose son riflard roulé (un pépin pliant qu'on peut mettre dans une sacoche) sur la table et se commande un grand crème.

Je murmure à Béru :

— Je parie ta bite contre un cure-dents qu'ils vont

échanger les parapluies en se quittant. Dans le premier,
il y a de la came, dans le second, du blé.

— Tu croives ?

— On parie (Lyon, Marseille) ?

— Non, j'te fais confiance, mon Loulou. Tu imagines la suite comment ? On les serre ensemble ?

— Il vaut mieux pas. Toi t'emballes le nouveau venu
dès qu'il aura passé la porte, pour cela file le guigner
dehors. Les cadennes illico, à la surprise. Ensuite tu le
fourres dans la tire et tu m'attends.

— Vous avez encore besoin de moi ? s'inquiète
Larigot.

— Non, vous pouvez partir, je vous ferai signe plus
tard.

Béru ramasse son moignon de sandouiche et se
l'enfonce dans le tout-à-l'égout d'une gueulée extrême.
Le voilà avec les joues enceintes et les lotos qui lui
sortent de la hure. Je cigle les consos. Puis, à la
cantonade :

— Où est le téléphone, s'il vous plaît ?

— Au chouchol, répond l'Auverpiot.

Je m'en gaffais bien, tu penses. J'ai demandé ça
parce que l'homme en noir se casse déjà et que
probablement son « fournisseur » ne va pas tarder.
Lorsqu'il a quitté la brasserie, je fais mine de gagner
l'escalier conduisant au sous-sol mais, parvenu à la
table du marchand de « farine », je m'assieds brusquement en face de lui. D'une main je tiens ma carte, de
l'autre la crosse de mon camarade Tu-tues.

— Ça va se passer sans encombre, promets-je.

Le mec a un imperceptible tressaillement, et puis il
doit penser que c'était trop beau pour durer toujours et
se résigne.

Il dit, néanmoins :

— Que me voulez-vous ?

— Il m'a semblé que votre client a réglé les consom-
mations ? réponds-je. Ou c'était seulement la sienne ?

— Il a tout réglé.

— Alors on y va gentiment.

— Vous avez un mandat ?

— Pas besoin : flagrant délit.

— Quel flagrant délit ?

— Venez ! Et n'oubliez pas le pébroque de votre
copain, on va aller le lui rendre et vous récupérerez le
vôtre. Ils nous attendent l'un et l'autre à l'extérieur.

Il en prend son parti et nous quittons l'établissement
salués par le « Au revoir, messieurs, merci » du taulier
à la limouille couleur bouse de vache.

Je marche jusqu'à la voiture de service dont nous
nous sommes munis. Fatalitas ! Ni Béru, ni le *dealer* ne
s'y trouvent. Comme je fais de la brasse dans la mer
amère des perplexités, je vois revenir Béru du bout de
la rue, la démarche lourde et la queue basse. Il
m'adresse un grand geste de vieil albatros aux ailes
brisées.

— C't'à cause de mon sandouiche, me lance-t-il.
Juste comme je vais pour sauter le gus, v'là que je
m'étrangle et me paie une esquinte d'atout pis qu'si
j'eusse eu la coqueluche ! C'te vache s'est taillé comme
un garenne ! Et moive, au plus j'l' coursais, au plus
j'étouffais.

Un seul mot me vient :

— Goret !

Alexandre-Benoît est désemparé, penaud, vaincu,
humilié.

L'autre gonzier qui a tout pigé me dit :

— J'en ai assez de vos voies de fait, vous n'avez rien
à me reprocher ! Salut !

Il va pour filer.

Le Gravos le chope par un aileron.

— Minute, pape Pie Onze !

Il lui griffe son pébroque, du moins celui de l'homme en fuite, lutte un moment avec le système et finit par l'ouvrir. Deux liasses de billets de banque choient sur le trottoir.

— Et ça ? demande-t-il.

Le gars se tourne vers moi :

— Une loi interdit de transporter de l'argent dans son parapluie ?

— Aucune, admets-je

— Alors, au revoir.

Il ramasse son blé, le bourre dans ses fouillasses. Pendant ce temps, j'ouvre sa mallette. Elle contient quelques beaux livres à tirage numéroté, reliés pleine peau. Sa couverture, probable (si je puis dire !). Il doit se déclarer représentant en livres de collection. Je les feuillette : ils sont francos. *In petto,* comme on dit en italien, je me maudis de n'avoir pas alpagué les deux hommes au bistrot. On aurait eu tout le matériel pour les confondre ! À cause de ce gros dégueulasse de Béru, l'opération a foiré. Le marchand de neige le sait qu'on l'a dans le prose et qu'il tient le couteau par le manche, à présent.

Il récupère mallette et parapluie et, très digne, nous plante là comme deux glandus.

Mais Sa Majesté a un sursaut.

— Tu permets ? fait-il au « vendeur » d'extase.

L'autre se retourne de trois quarts.

— Quoi encore ! bougonne-t-il.

— Ça ! annonce le Gros.

Et il le foudroie d'un crochet à la pointe du menton capable de tordre une enclume. Le gars se met à gésir sur la chaussée.

— Ouv'-moi la portière ! m'enjoint Merdenflaque.

— Excuse-moi, fais-je, ma situation m'interdit de batifoler dans l'illégalité.

— Ta situation, j'y pisse dessus !

Des gens se radinent, badauds-mouches toujours à l'affût d'un schprountz quelconque, sans cesse attirés par le sang et la merde.

Le Mastard déballe sa brème.

— Opération de police ! gueule-t-il. Circulez, y a plus rien à voir ! Ceux qui circul'ront pas, je les emballe !

En ronchonnant, on s'écarte de l'énergumène.

D'une force qu'un usager de lieux communs définirait comme étant « peu commune », il charge sa victime à l'arrière de la voiture, passe une boucle de ses poucettes à l'un de ses poignets, l'autre au montant métallique du siège passager.

— S'cusez-moive si j'vous d'mande pardon, monseigneur, m'dit-il, j'vous laisse frétiller un taxi pour rentrer, biscotte j'ne voudrerais pas attacher vot' honneur !

Il se jette derrière le volant et opère un démarrage pour film américain.

*
**

— Savez-vous ce que nous devrions faire ? émit César Pinaud.

La grosse mère Larmiche fit signe que non derrière l'abominable fumée de son cigare.

— Manger un morceau, dit la Vieillasse. Je me permets de vous inviter au restaurant. Ne doutez pas de la pureté de mes intentions, chère madame, je ne suis pas un homme qui cherche l'aventure.

Elle le balaya d'un regard empreint de regrets.

— Et pourtant, vous pourriez, assura l'ogresse. Un homme qui a d'aussi belles manières peut tout se permettre.

Le Fossile considéra le corps informe, la trogne mafflue de la personne et retint un frisson d'effroi. Elle malodorait, puant le rance et l'urine. Sa barbe hirsute, son regard gélatineux, ses énormes lèvres de négresse blanche aux commissures desquelles subsistaient des traces de nourriture lui foutaient la panique jusqu'à sa prostate.

Deux heures qu'il occupait l'appartement de la rue du Poteau-Rose, charmant la locataire de son verbe et se livrant à une perquisition pinulcienne de la chambre de feu « Friandise ». Par « perquisition pinulcienne » nous voulons dire que le cher homme était à coup sûr le meilleur élément de toute la police française pour ce genre de pratique. Nul ne savait mieux que lui renifler la cache à laquelle « on ne pense pas » ou interpréter le menu détail qui passe inaperçu des autres. Il procédait avec méthode, commençant par un côté de la porte d'entrée et examinant toute chose minutieusement, centimètre carré par centimètre carré.

Il venait de « sonder » la moitié de la petite chambre et se sentait fourbu. Ses reins qui ne suivaient pas. César avait toujours marqué des faiblesses dorsales que rhumatismes et lumbagos entretenaient malgré les cures et les massages qu'il s'offrait depuis que la fortune avait chu dans sa vie grise.

La vioque accepta d'emblée l'invitation. L'aubaine ! Elle aimait la bouffe, comme toutes les grosses vieillasses réduites à l'abstinence. Elle changea de robe, en mit une un peu plus dégueulasse que la précédente, enfouit ses cheveux gris dans un filet, promena un bâton de rouge, auquel adhéraient des trucs peu identifiables, sur son énorme bouche goulue et se déclara « prête ».

La Rolls de Pinaud l'attendait dans l'avenue transversale, la rue du Poteau-Rose se montrant trop étroite pour permettre à un véhicule de cette ampleur de stationner. Son chauffeur lisait *Nostradamus* pour tromper le temps et se réjouissait d'y apprendre qu'une femme blonde extrêmement riche attendait avec impatience que leurs deux destins se croisent. Il avait épousé, au gré d'une place, une petite Portugaise velue dont l'odeur l'incommodait et dont il rêvait de divorcer lorsqu'il aurait mis suffisamment de courage de côté pour prendre un tel risque !

Il retint une grimace en voyant rappliquer son vieux singe flanqué d'une ogresse Carabosse.

— Chez *Lasserre* ! lança M. César Pinaud.

La vioque mouillait d'admiration. Elle caressait le cuir et l'acajou en marmonnant des « Ben, ça alors ! Qui m'aurait dit qu'un jour... »

Mais comme on s'habitue à tout, elle se désintéressa de l'auto pour retomber dans ses propres préoccupations :

— Qu'est-ce que vous cherchez tant chez moi, monsieur César ? C'est indiscret ?

— Du tout, madame Larmiche. Pour tout vous dire, j'ignore ce que je cherche. Il se trouve qu'un homme, naguère, a exploré de fond en comble la voiture de votre pauvre Joël (Pinaud a toujours su parler aux petites gens). Quelque chose me dit que s'il est venu chez vous, pendant son enterrement, c'était dans l'espoir d'y dénicher cet objet mystérieux. Je suis homme d'intuition, comme beaucoup de policiers.

— Et vous croyez que ce sale type ne l'a pas trouvé ?

— S'il l'avait trouvé, il n'aurait pas encore été en place au moment de votre retour.

— Alors, il va revenir ?

— Cela m'étonnerait. Il a tué un homme pour pouvoir filer et se doute bien que, la police étant alertée, elle ne va pas lui laisser le champ libre.

— Tout ce que vous voudrez, mais je suis en danger ! déclara fermement la vieillarde.

César, dans son for intérieur, en convenait ; malgré tout il s'efforça de la rassurer.

— Nous veillons ! assura-t-il.

Puis il baissa un peu la vitre, à cause de l'odeur.

# CHAPITRE DIX

## QUE JE NE VOUDRAIS PAS
## AVOIR À ÉCRIRE !

Elle venait de faire deux fois le tour du lycée André Sarda et se sentait lasse ; pas tant pour la marche que cela représentait mais à cause de la tension mentale consécutive à ses intenses réflexions. Lorsque la sirène marquant la fin des cours retentit, elle était en poste près de la cabane de cantonnier. Marie-Marie constata qu'une maille de son bas venait de filer et qu'une « échelle » s'élargissait le long de sa jambe gauche. Il était trop tard pour tenter de stopper le désastre avec un point de vernis à ongles.

Elle regarda la ruée classique des enfants, sorte de flux toujours pareil qui jaillissait du bâtiment, assoiffé de liberté. C'était comme d'habitude les plus jeunes qui s'échappaient les premiers. Les grands, déjà atteints par les prémices de la maturité, se montraient plus calmes, plus lents.

Des professeurs partaient en même temps qu'eux, l'air grave et distant. Marie-Marie patienta jusqu'à ce que la cour fût vide.

Après une ultime hésitation, elle pénétra dans l'établissement. Une puissante odeur, bien connue d'elle, l'atteignit comme une lame du passé. Toutes les écoles, grandes ou petites, dégagent ce parfum de papier, de craie, d'enfance.

Dans le hall d'entrée, se trouvait, à droite, la loge du

gardien. Ce n'était pas son logement, mais une sorte de bureau où s'entassaient des paperasses, des objets perdus par les élèves, des outils de première nécessité. Le préposé commençait à ouvrir la mallette repas contenant son déjeuner.

C'était un grand type brun, au front dégarni et aux abondants sourcils en forme de moustache dalienne. Il avait un visage étrange (plat avec cependant des pommettes saillantes), qui incommodait.

Marie-Marie lui demanda si le proviseur se trouvait encore au lycée. L'homme répondit par l'affirmative et lui indiqua le bureau, au fond du couloir de gauche. Elle s'y rendit.

Avant de toquer à la porte, elle crut percevoir des chuchotements, et jugea bon de tousser pour annoncer sa présence avant de frapper.

On lui cria d'entrer.

C'était la pièce classique, un peu solennelle, aux murs garnis de vieilles bibliothèques emplies d'ouvrages barbares et de classeurs modernes, anachroniques par rapport au mobilier. Le proviseur était un quinquagénaire agréable, à l'épaisse chevelure poivre et sel. En face de lui se tenait une femme en manteau rouge et bonnet de laine (un professeur, estima Marie-Marie). L'arrivante eut l'impression qu'il y avait « quelque chose » entre eux et que leurs chuchotements de naguère dénotaient une intimité certaine. D'ailleurs, la femme au manteau rouge sembla embarrassée et prit congé du proviseur.

Celui-ci, par contre, conservait une parfaite aisance dont on devinait qu'elle lui était naturelle.

— Je vous prie de me pardonner, commença Marie-Marie, j'aurais dû solliciter un rendez-vous...

Le proviseur eut une vague mimique qui confirmait la chose, pourtant il dit avec courtoisie :

— Du moment que vous êtes là, madame... Vous êtes une maman d'élève ?

— Non, non ; je ne suis pas mariée, fit Marie-Marie avec une gaucherie qui l'irritait.

— Vous démarchez pour une maison de commerce ? Si c'est le cas, je dois vous dire que l'Administration...

Elle sourit.

— Pas davantage, monsieur le proviseur. Je suis enquêtrice (1) pour une maison d'assurances et je cherche un professeur dont j'ignore le nom.

— Voilà qui est peu banal !

— N'est-ce pas ? Tout semblerait indiquer que le professeur en question travaille dans votre établissement. Il s'agirait d'un homme bien pris, assez élégant, au regard pénétrant et à la calvitie distinguée.

Le proviseur l'écoutait avec une bienveillance amusée.

— J'ai trente-trois professeurs dans mon lycée, fit-il, dont un bon tiers correspond plus ou moins à vos indications, car on ne peut guère appeler cela un signalement, n'est-ce pas ?

— Attendez, fit Marie-Marie, tout à fait à son aise maintenant.

Il eut un geste de prélat :

— Mais j'attends, mademoiselle, j'attends...

— Le professeur en question, reprit-elle, porterait une chevalière d'or marquée d'un écusson. En outre, il est vraisemblable qu'avant de venir ici, il aurait exercé à Lyon et, avant Lyon, à Bourg-en-Bresse.

Son interlocuteur opina.

— Voilà du positif, admit-il. La chevalière, hum, beaucoup d'intellectuels ont la coquetterie d'en porter une, mais ce cheminement professionnel doit vous

_____
(1) Ou enquêteuse, au choix.

permettre de mettre la main sur votre homme, en admettant qu'il travaille ici.

Elle adressa au chef du lycée André Sarda (1) une moue suppliante tout à fait irrésistible.

— Pensez-vous pouvoir m'aider, monsieur le proviseur ?

— Mais très facilement, mademoiselle, je vais me faire adresscr par l'Éducation Nationale une photocopie du dossier de chacun des professeurs susceptibles de correspondre à celui que vous recherchez. Revenez demain soir après les cours. Comme le lycée sera fermé, contournez les bâtiments. Mon logement de fonction est situé derrière. Vous verrez une petite maison qui ne ressemble pas à grand-chose : béton et briques de verre. Disons à sept heures car j'ai un rendez-vous à l'extérieur. Au cas où j'aurais un peu de retard, ma femme vous recevra.

Il se leva, signifiant la fin de l'entretien.

Marie-Marie pressa avec ferveur la main qu'il lui présentait.

*<center>*
*\**

Elle parle du nez, la Violette de Parme. Le rhume du siècle ! Du cercle ! Polaire !

Elle murmure :

— Vous havez, monhieur le directeur, hen ai ma claque !

Elle s'explique :

— Deux nuits à filocher Natacha à travers le bois *of* Boulogne, à la regarder pomper des nœuds à travers des pare-brise.

Même que ce morninge, sur le coup de trois plombes,

---

(1) Fameux comédien français, 1854-1941, qui se rendit célèbre en interprétant le rôle du Mac dans « Entre Macs » de Racine.

un monsieur a pénétré d'autor dans sa tire à elle pendant qu'elle jouait l'angèle gardienne, l'ayant prise pour une autre pute. Il avait le paf à l'air, sous son pardingue. Un chibre d'au moins trente centimètres dont elle arrivait même pas à faire le tour avec ses doigts. Afin de ne pas l'intriguer par une pruderie de mauvais aloi, elle l'a écrémé vite fait sur le gaz ! Le noctambule était ravi et lui a attriqué un bif de cinq cents pions.

— Tu vois, gouaillé-je, tu as une carrière de remplacement en perspective, ma loute. Je te parie qu'avec ta rotation de menteuse et ton coup de glotte, tu serais cap' d'affurer une brique par nuit !

— Je vous remercie, dit-elle, pincée. Alors quoi, dois-je continuer ?

— Inutile. Si le « Baron » avait voulu scrafer Natacha, il l'aurait déjà fait. Peut-être ne s'intéresse-t-il pas aux médias, à moins qu'il n'ait éventé notre ruse ?

Mon biniou intérieur grésille tandis que son voyant vert appelle au secours. Je décroche.

— Le principal Pinaud demande à être reçu, monsieur le directeur, déclare le planton d'un ton rigolard.

— Qu'il entre !

— Je dois me retirer ? demande Violette avec la voix d'une qui souhaite m'entendre répondre par la négative.

Magnanime, je lui dis de rester.

Le Vétuste montre son nez en échine de chèvre. Puis le retire pour dire :

— Entrez donc, ma chère amie, n'ayez pas peur !

Surgit alors la mère Larmiche, beurrée comme une coquille d'escarguinche à la parisienne, au point qu'elle titube.

En y regardant d'un tout petit peu plus près, César Pinaud se trouve dans un état similaire. Ils décrivent des « 8 » pour gagner mon bureau et s'affalent dans les

deux fauteuils me faisant face. La mère repousse le sien
avec son gros cul immonde et choit comme une poire
blette sur le parquet. Violette l'aide à se redresser
d'abord, puis à s'asseoir. Mémère a toujours son
infâme cigare planté dans la bouche tel un thermomètre
de vétérinaire dans le fion d'une vache. La cendre dudit
pleut sur son corsage.

J'attends, ferme sur mes positions, les explications du
Richissime. Ce dernier me sourit assez niaisement pour
un homme possédant un tel Q.I.

Il bafouille :

— J'espère que nous ne te nous dérangeons pas,
An...toine ?

— Au contraire, réponds-je, c'est l'heure de mes
attractions.

Il rit comme brait un âne.

— J'étais allé, pardon : j'étais été procéder à une
fenouille, pardon : à une fouille chez...heug, madame.
Pour faire la grève, pardon, la trêve des con...fiseurs, je
l'ai emmenée déjejeuner chez *Lasserre*...

— La moindre des choses !

— Repas délicat...

— Vins capiteux, si j'en juge à la façon dont vous
êtes maquillés de l'intérieur, comme dit le grand
Patrick.

Il hoche la tête, ne disposant plus de suffisamment de
clairvoyance pour ergoter.

— Mon idée, enchaîne-t-il avec effort, c'était que...

Puis, tout de go, il s'endort sur lui-même.

— Apporte une serviette mouillée ! enjoins-je à
Violette.

Nous ranimons le Dinosaure en bassinant sa vieille
face plissée soleil. Il rouvre ses vasistas et ses paupières
grincent comme deux poulies rouillées.

— C'est à quel sujet ? demande-t-il.

Ce qu'ils tiennent, les deux ! Mémère en écrase à

mort, tassée entre les bras de son fauteuil ; son cigare grésille au creux pubien de sa jupe.

— On devrait les laisser cuver, déclare Violette.

Ça me paraît judicieux comme suggestion. Tant mal que bien, on traîne le couple jusqu'à mon nid d'amour après avoir étalé des linges de bain sur le plumard pour le cas où il se produirait des incidents de parcours. Ils gisent en un attendrissement pêle-mêle, foudroyés par l'alcool. Un miracle qu'ils aient pu arriver jusqu'ici. Je comprends pourquoi la voix du préposé avait des accents ironiques pour m'annoncer pépère.

— Qu'ils reposent en paix ! soupiré-je en me retirant.

**\***
**\*\***

L'homme pénétra dans la chambre de « Friandise » avec une grâce de danseur. Il portait des gants de caoutchouc jaune. D'un regard, il comprit que la pièce venait d'être dûment fouillée, du moins dans sa partie gauche (par rapport à la porte). C'était un technicien trop averti de ces choses pour que les détails consécutifs à une perquisition ne lui sautent point aux yeux.

Il s'immobilisa, perplexe, vaguement déçu. Son désappointement venait de ce que la chambre n'avait pas été « complétement » fouillée. La conclusion s'imposait : celui qui venait de l'explorer avait trouvé ce qu'il cherchait, puisqu'il avait abandonné « le chantier ». Parce qu'il était scrupuleux, il se mit tout de même au travail dans la partie droite ; mais le cœur n'y était pas et, effectivement, il ne découvrit rien qui l'intéressât.

Puisqu'il se trouvait « en place », il étendit ses investigations aux autres pièces du modeste logement, toujours sans succès.

Alors il arracha ses gants couleur de soufre, les roula

en boule avant de les glisser dans la poche de son imperméable de soie noire doublé de fourrure.

Il était glacé et furieux en songeant que ces deux petits enculés l'avaient joué.

*
**

Je passe par le Bois en rentrant à Saint-Cloud, opérant un détour pour essayer d'apercevoir la belle Natacha aux longues gambettes.

Elle est à son poste.

De loin, tu sais qu'elle fait illusion, la mère ? Ses longues bottes, sa toque de fourrure, sa jupe rudement fendue pour pouvoir laisser admirer sa culotte de dentelle quand elle arpente le ruban contribuent à lui donner de l'allure. Enfin, une « certaine » allure, faut pas pousser !

Je stoppe à sa hauteur et la voilà qui m'aborde la bouche en *love*, la voix Marlène :

— T'as envie de vivre une passion avec moi, Chou-chou ?

— Je ne pense qu'à ça, réponds-je en me penchant vers elle.

Elle me reconnaît et se fait furax.

— Ah ! vous, bravo pour la protection rapprochée ! Elle est où votre policière de mes fesses, ce soir ? Si votre tueur m'embarque, je fais quoi ?

— Pas de panique, ma grande ! On ne peut pas conserver toujours le même dispositif, non ? Ce serait le meilleur moyen d'attirer l'attention. Te bile pas : la Rousse te protège.

Faut savoir mentir quand il s'agit de réconforter son prochain.

Pour lors, la voilà rassérénée.

— Ah ! bon. Ceci dit, j'ai rien remarqué d'anormal. Par contre, un qui fait un schprountz pas possible, c'est le gars Ali ! Je savais les melons vindicatifs, mais lui, il bat les records. Il a juré d'avoir la peau de l'assassin, et si ses efforts aboutissent, il l'aura.

— Qu'est-ce qu'il maquille ?

— Il a mobilisé toute une armée de troncs pour faire votre boulot.

Là, mes poils sous les bras se défrisent un tantisoit.

— Qu'appelles-tu « faire notre boulot », Fleur des Neiges ?

— Ils interrogent toutes les tapineuses du Bois, tous les travelos, tous les mateurs, les branleurs. Une vraie chasse à courre, parole !

— Pour essayer d'apprendre quoi ?

— Ce que vous n'arrivez pas à savoir vous-mêmes, les draupers !

La salope ! Se fout de ma gueule ! Ma gueule de môssieur le dirlo de la Police parisienne !

— En ce cas, bonne chasse !

Je lui fais une décarrade à l'emporte-pièce qui balance trois mètres cubes de gaz carbonique dans sa frime de radeuse.

Et puis me voilà chez m'man. Le silence de la nuit, sa fraîcheur (si fraîche qu'il gèle !).

Je trouve Félicie devant la télé. Elle regarde « La marge du cercle » consacrée à l'incidence de la noisette caramélisée dans la chirurgie dentaire.

Ma vieille éteint le poste et vient me bisouiller.

— As-tu mangé, mon grand ?

Son constant tourment, à m'man : la bouffe de son Antoine. Elle a, une fois pour toutes, réglé son existence en fonction des repas que je prends ici à des heures plus ou moins insensées. Rien qui la désespère davantage que lorsque je lui réponds que je n'ai pas faim.

— Je me suis fait monter un casse-graine de la brasserie.

Elle éplore :

— Tu vas te détraquer l'estomac si tu te nourris de la sorte, mon chéri. J'ai préparé une tête de veau pour demain, veux-tu la goûter ? Je n'ai plus que la sauce gribiche à faire.

— J'ai jamais refusé de la tête de veau, m'man; même en venant de manger des crêpes au sucre. Marie-Marie est déjà couchée ?

— Elle a téléphoné qu'elle ne rentrait pas.

Une vilaine bestiole aux dents pointues me mord le cœur. La jalousie, tu connais ? Irraisonnée, comme toujours. Assoupie mais qu'une pensée réveille !

— Ah bon. Et pour quelle raison ?

Un mari ! J'ai le même comportement qu'un mari, c'est-à-dire qu'un cocu (en puissance pour le moins).

— Elle dit qu'elle espère dénouer ton mystère demain et qu'elle entre en loge pour méditer ; elle ne veut pas subir ton influence.

— Sainte Marie-Marie, pleine de grâces ! persiflé-je. Et elle entre en loge où ? Au Carmel ?

— Elle ne l'a pas précisé. Ça te chiffonne ? questionne Félicie avec une fausse innocence.

— Elle est libre ! répliqué-je.

— Il ne tiendrait qu'à toi qu'elle ne le fût plus, note maman. Quand je vous vois réunis, tous les deux...

— Tu te dis que nous formons le couple idéal et que nous aurions des enfants primés dans les comices agricoles ?

Elle soupire en préparant sa sauce pour la tête de veau. Elle hache un œuf dur.

Je la biche aux épaules.

— Je le sais que c'est là ton rêve, m'man. T'aimerais te trouver une sorte de remplaçante pour plus tard. Seulement voilà, tu es irremplaçable ; quand tu ne seras plus là, en admettant que je ne me fasse pas trouer la paillasse avant ton départ, ça fera comme si on rasait entièrement la forêt des Vosges en n'y laissant qu'un seul sapin. Je serai ce sapin, m'man. Debout, tout seul, dans un univers anéanti.

Une larme tombe dans la vinaigrette qui va être trop salée.

Et, juste à propos, le biniou carillonne. Je bondis, plein d'espoir : la Musaraigne qui a besoin de me parler avant de s'endormir, tu paries ?

Voix de femme. Mais c'est Violette.

Je l'ai laissée dans mon bureau, après qu'elle m'ait confectionné un chouette calumet (le calumet de l'happé, comme je dis puis). Mission : attendre le réveil des deux vioques et interviewer Mister Pinuche des concerts parisiens. Elle roupille dans le grand canapé de cuir, roulée dans une couvrante. C'est une gonzesse au poil (et à poil sur commande).

— Les deux monstres ont refait surface ? crois-je deviner.

— Affirmatif, monsieur le directeur. Et savez-vous ce qu'ils font ? L'amour !

Un frisson polaire me glamahuche l'épine dorsale depuis la troisième lombaire jusqu'au fion.

Oh ! le Pinuche, ce courage, cet héroïsme ! Cette bestialité. Doit être encore comateux. Ne réalise pas l'ampleur de son entreprise. Pour tirer une douairière comme la mère Larmiche, faut bien davantage que de la santé : de l'inconscience.

— Tu es sûre ?

— Certaine. Je dormais et ce sont les glapissements de la vieille qui m'ont réveillée. La vraie partie de jambons. Il la brosse en levrette.

— Ça lui évite au moins de contempler son visage, philosophé-je.

— Que comptez-vous faire ?

— Manger de la tête de veau en éclusant un gorgeon de cahors.

— Vous ne revenez pas ?

— Faut d'abord voir si c'en vaut la peine. Après leurs galipettes, demande au vieux Castor ce qu'il voulait me dire et rappelle-moi.

Elle chuchote :

— Vous entendez ?

— Non, quoi ?

— Mémère qui prend son pied, tout bouge dans le secteur. Dites, il est encore vert, le César.

— Non, rectifié-je : il l'est *déjà ;* c'est pas de moi mais de Jules Renard.

— Tu la trouves comment ? s'inquiète Féloche en montrant mon assiette.

— C'est une œuvre ! réponds-je. Cuisson parfaite, bidoche extra. C'est pas un enviandé ton boucher, ma vieille chérie.

— Je l'ai fait venir de notre Bas Dauphiné dans un récipient frigorifique.

Pour ma brave femme de mère, tout ce qui émane de notre contrée natale est surchoix.

Je tranche l'épaisse langue avec une lame effilée. M'man a toujours eu des couteaux bien aiguisés, déplorant que la plupart des restaurants, fussent-ils de qualité, mettent à la disposition des clients des yas aux lames inefficaces.

Moi qui ne suis pas très viandasse, je raffole de la tronche de veau. Pourtant une tête, dis, si tu y réfléchis ? La grosse menteuse rugueuse qu'il faut peler comme une banane, les joues grasses et craquantes. Je devrais gerber ; mais non, je m'en goinfre.

Félicie me regarde claper kif les lardons de Fatima mataient la Vierge. Ça fait partie de nos instants privilégiés, ces bouffes nocturnes.

On est là, face à face. Je dévore sa tortore, elle me regarde manger ; on s'aime jusqu'au bout du monde, jusqu'au bout de la vie. C'est moins ardent, moins fou que l'amour passion, mais c'est tellement plus confortable, plus chaleureux, plus émouvant.

— Téléphone ! soupire ma vieille.

— Déjà ? fais-je, la bouche pleine.

Et je vais décrocher.

Dis, elle est vachement harcelée, ma ligne : cette fois, c'est Bérurier.

— Que t'arrive-t-il ? dis-je, presque irrité.

Ce gros sac à merde qui vient m'arracher à la félicité, je l'emplâtrerais !

— J'ai obtenu grain de courge, annonce-t-il.

— À savoir ?

— J'y ai passé des heures, mais j'ai fini par faire causer le marchand de came.

Bon Dieu ! J'avais complètement occulté l'incident, comme on dit de nos jours. Maintenant, on n'oublie plus : on occulte.

— Alors ?

— Faudrait qu'tu vinsses, mec. Ça urge !

Je voudrais en savoir plus, mais il reste buté.

— Viens, que je te dis ! T'as le cul rouillé d'puis qu't'es dirlo ?

— Où es-tu ?

— Tu sais not' maison de campagne à Nanterre dont Berthy a hérité d'sa sœur infirme : la grosse qui chiait sous elle ?

Ma mémoire éléphantesque me restitue une gentil-hommière de planches et de tôle ondulée soutenue par des étais au sein d'un jardin-terrain vague de banlieue.

Je revois un chéneau à la Dubout en train de dégobiller l'eau de pluie dans une bassine ; un vilain chien jaune attaché par une chaîne devant un tonneau vide lui servant de niche ; et puis, dans un logis

invraisemblable, la sœur aînée de Berthe : un monstre
amphibien empilé entre les bras d'un immense fauteuil
de bois fait sur mesure. Apparition de cauchemar sur la
face de quoi tout choit : les yeux, les joues, les bajoues,
les lèvres. Une écroulade sans limites et visqueuse ! Un
dévalement irrépressible de graisse, de chair à demi
morte et d'organes devenus superflus. Le corps n'était
qu'un magma enveloppé d'étoffe, où les bras, les seins,
le ventre se confondaient pour ne plus former qu'un tas
indiscernable, énorme, puant. J'avais appelé cette chose
venue d'ailleurs (et qui y retournait) madame, l'avais
saluée, honorée d'un sourire. En retour, je n'avais reçu
qu'un regard qui ressemblait à deux œufs cassés et le
plus long filet de bave qu'il me fût donné d'admirer.

— Oui, oui, réponds-je, je la vois très bien.

— C'est là qu' j'sus v'nu av'c le vendeur de came.
T'auras p't'êt' du mal à t' reconnaît', biscotte ça s'est
bâti à tout va dans les alentours et les environs. Tu
prends la grande avenue et quand tu vois un' estation
B.P., aussi sec t'enquilles la p'tite rue qu'est en face.
Not' villa est à main droite, deux cents mètres z'après.

— J'arrive !

— Voilà que tu dois repartir, mon pauvre grand ?
soupire maman. J'espérais que ta qualité de directeur te
permettrait de mener une existence plus calme...

La coquine ! Je comprends pourquoi elle me poussait
tant à accepter cette promo.

— Voyons, m'man, tu sais bien que je ne serai
jamais un sédentaire. L'immobilisme, c'est la mort !
L'homme qui cesse de remuer entre en agonie sans s'en
apercevoir.

J'achève hâtivement (et c'est grand dommage) la tête
du brave veau dauphinois venue se faire déguster à
Paris.

— J'adore quand elle est craquante, assuré-je à ma

petite folie. Et cette sauce ! Réussir ça en moins de cinq minutes, faut être douée !

Elle a une façon de rire, rien qu'avec les yeux, qui n'appartient qu'à elle, Féloche. Je la fixe un peu, mais c'est pas correct d'admirer sa mère la bouche pleine. Plus inconvenant encore que de parler. Je détourne mes carreaux des siens. Peut-être qu'on se dit pas suffisamment les choses, qu'on se laisse baiser par les pudeurs ? Le drame c'est qu'on n'arrive jamais à communiquer totalement avec ceux qu'on aime. Bêtement, on en garde pour soi, se consolant en pensant qu'on se mettra à jour plus tard. Seulement voilà : y a pas de plus tard !

De loin, je vois la tire de service stoppée tout contre la masure. Je me range derrière elle et vais toquer à la porte vitrée que l'on a gracieusement aveuglée en collant du papier journal sur les carreaux. Fort heureusement, ce sont des pages de *Télé 7 Jours,* et on y peut admirer force vedettes de la télévision : Bruno Masure à l'œil pétillant, l'adorable Sophie Davant, Patrick Sébastien avec sa chevelure à ressort, d'autres encore, mais des cons !

Le bruit de mon arrivée a alerté Bérurier, lequel me crie d'entrer.

Décidément, cette bicoque est riche en « spectacles forts ». Le fauteuil géant de l'ogresse disparue est toujours là, lui, mais agrémenté de coussins cretonne. Aujourd'hui, c'est le marchand de neige qui l'occupe. Il s'y trouve entravé par un spécialiste du ligotage scientifique. Tout au fil de fer galvanisé, s'il vous plaît ! Les bras rivés aux accoudoirs, les chevilles aux montants du siège, la poitrine contre son dossier. Il a les deux pommettes pétées, ainsi que les deux « arcanes souricières », et les feuilles nettement décollées de leur

branche. Néanmoins, il rit comme un bossu et chan-
tonne allègrement *Boire un petit coup c'est agréable !*

Bérurier est assis devant une table et dévore des
cervelas posés sur un papier. Chacun d'eux lui permet
deux bouchées. Il trempe le cervelas dans un grand pot
de moutarde extra-véhémente avant de le croquer et
ponctue ensuite d'un verre de picrate.

— J'ai biché une d' ces fringouzes, dit-il, 'reus'ment
qu'on garde toujours quéques babioles de dépannage à
la villa.

Je désigne sa victime.

— Toi, au moins, tu n'as pas peur des bavures,
Gros ! Tu sais qu'il en a déjà pour quinze jours d'hosto
au compteur ?

— Ça l'empêche pas d'êt' gai, objecte Dubide.

— Justement, que lui as-tu fait pour qu'il le soit
tellement ?

Il me désigne une petite bonbonne dans sa jupe de
paille, posée à même le plancher.

— Calva ! explique-t-il. Un cousin de Saint-Locdu-
le-Petit qui l' distille en loucedé. Quand t'est-ce je
retourne au pays, j'en ramène plusieurs bonbonnes.
Faut dire qu'y cueille mes pommes d'la ferme pour le
faire. C't'un produit somme toute personnel. Tu veux
l'goûter ?

— Pas à cette heure.

Je montre l'entravé.

— Et tu lui en as fait avaler ?

Acquiescement muet du Mammouth.

— Pas qu'un peu ! Au début, y refuserait d'boire.
Y a fallu qu'j'le morigénasse pour qu'y comprenne où
qu'était son intérêt.

— Il en a tuté beaucoup ?

Le Gros répond par ce bruit que fait le gars marrant à
qui tu demandes s'il aime les haricots secs.

— J'peux pas t'dire. La bonbonne était pleine, vérifille d' toi-même !

Je soulève le récipient. Misère : il n'est plus qu'au tiers plein (terre-plein).

— Il va en crever ! protesté-je.

Béru a cette réponse désarmante :

— Et alors ? Tout l' monde, meurt !

Tout en consommant ses cervelas joufflus, Alexandre-Benoît me livre le produit de sa pêche. Après avoir absorbé (de mauvaise grâce) un litre et demi (environ) de gnole, l'homme a commencé à se raconter. Sa Majesté a continué de l'arroser (mais c'était maintenant le « camériste » qui en redemandait). Il ressort (pas à boudin : à cervelas) de cet interrogatoire que ce ne sont pas les gars de l'Organisation qui ont refroidi Larmiche. Impossible, pour la bonne et péremptoire raison qu'ils ne le connaissaient pas. Le réseau de drogue est terriblement cloisonné.

Le souffre-douleur du Gros, un certain Chaufroix (de volaille) reçoit la marchandise d'un homme dont il a livré les coordonnées à mon pote, mais il ignore tout, absolument, des autres membres du trafic. Lui, il a organisé personnellement son petit réseau de *dealers*, auquel appartenait Larmiche. En tout huit mecs (dont il a également balancé les blazes au cours de son traitement éthylique). Donc, il n'y a pas que lui qui pouvait scrafer « Tarte aux fraises (des bois) ». Non seulement il n'avait aucune raison de le faire, car il ignorait l'incident de son arrestation, mais en outre, le soir du meurtre, il se trouvait à Marseille, chez son fournisseur. Il peut le prouver !

Ces nouvelles me désappointent (d'asperges). Un mystère de plus à résoudre. Je croyais dur comme Defferre (en voilà un, tiens, qui était brave) que la mort de Larmiche était imputable au réseau de came !

Et puis non, tu vois...

Je soupire :

— On pédale à vide, Gros.

— Ça nous fait de l'entraîn'ment pour quand on pédalera pour de bon, rétorque ce philosophe.

— Comment vas-tu résoudre le problo de monsieur ? m'enquiers-je en montrant l'homme attaché.

Il hausse les épaules.

— Tu rigoles ou tu te marres ? Ce nœud, j'y ai fait signer ses déclarations à propos de son bizenesse. Quand il aura récupéré un peu, j'l'ramèn'rerai à Pantruche et j'y dirai d'rester sage si y veut pas qu'j'l'emballe.

« Ent' des années de mitard et quéqu' points d'soudure, m'étonn'rait qu'il hésite. »

# CHAPITRE ONZE

## QUI COMPTERA DANS LES ANNALES

Le biniou de ma tire est en train de gueuler aux petits pois lorsque je regrimpe dans celle-ci.

Je décroche, ce qui libère les cordes vocales de Violette.

— J'ai rappelé chez vous où votre maman m'a appris que vous étiez parti en voiture, explique-t-elle. Elle a eu la gentillesse de me communiquer le fil de la 500.

— Si tu me cherches c'est qu'il y a du nouveau ? présumé-je.

— Exact, monsieur le directeur. Mais je pense qu'il serait bon que vous veniez jusqu'ici puisque vous ne dormez pas.

Je ne demande que ça.

À y regarder de près, j'ai pas dû passer beaucoup de vraies nuits de dorme dans ma putain de vie flicardière. C'est tellement vrai que lorsqu'il m'arrive de disposer de douze heures de repos, j'arrive pas à les pioncer toutes. Sur les couilles de deux plombes je refais surface et mât cache bonne eau pour me rendormir ! Je lis, ou bien je vais claper une petite briffe à la cuisine. J'adore manger en pleine noye. Et pourtant j'ai horreur des repas solitaires. Mais le casse-graine de la franche nuitée, c'est quasiment jouissif. Tu redeviens animal : la vache qui se met à tirer sur le foin de son râtelier parce qu'une démangeaison s'opère dans son estomac gigogne.

Pour t'en revenir que je bombe en direction de la capitale, toute proche, voire imminente. Rien de plus bandant que l'avenue de la Grande-Armée, à cette heure. T'as l'Arc de Triomphe illuminé, en bout de perspective, et tu sais que, l'ayant atteint, une autre apothéose t'attend avec la Concorde et les Tuileries pour nouvel horizon. Heureusement que Paname ne s'est pas fait en un jour : il méritait pas d'être bâclé.

Un nouveau préposé de nuit m'intercepte comme je m'engage dans l'escadrin du Château des Langueurs.

— Hé ! vous, là-bas, où allez-vous ?

Deux ou trois agents qui se trouvent là pouffent dans leurs kebours. L'interpellateur est un mec superbe qui pourrait être l'enfant naturel de Jean-François Revel et de Marguerite Duras.

Je reviens à lui, ma carte brandie. Pas vexé le moindre, amusé plutôt. Or, il se trouve que la nouvelle recrue est myope comme une boîte de sardines (Amieux : les meilleures).

Il examine ma brèmouze.

— Vous vous appelez Di...recteur ? Antoine Directeur ? articule-t-il assez distinctement malgré son bec-de-lièvre mal recousu.

Cette fois, les sergots se claquent les jambons.

— Monsieur ne se *nomme pas* directeur, *il est* le directeur de la Police ! renseigne le plus lécheur du lot.

— Ah bon, fait le préposé, en ce cas, vous pouvez monter ! Seulement moi, que voulez-vous, un gandin comme ça, je me méfie.

Je lui souris tendre. Une nature simple. Voire simpliste. Il ne réussira évidemment pas dans la vie, dont le premier con venu te confirmera qu'elle est une jungle, mais il est touchant.

Les « amants terribles » se gorgent de café dont
Violette leur a préparé un grand pot. Ils sont habitués à
se poivrer les naseaux et c'est pas une gueule de bois
qui va leur gâcher l'existence.

Parfaite hôtesse, mon assistante a même défoncé un
paquet de biscuits « Lu », cette institution française
qui, je l'espère, ne sera jamais reprise par les Japonais.
Ils grignotent comme deux rongeurs. Pinaud fait le
vieux rat, dame Larmiche le mulot, bien qu'elle tire
plutôt sur le mustélidé (genre belette ou putois).

— Je vois que vous vous êtes remis de votre indispo-
sition passagère, attaqué-je.

— Ayant pris des choses de grande qualité, nous ne
sommes pas malades, assure César. Toutefois, nous
fûmes cueillis à froid par les mélanges : champagne,
Montrachet, Gevrey-Chambertin, re-champagne et
Chartreuse verte sont difficiles à assimiler lorsqu'on les
prend en assez forte quantité, comme ç'a été le cas.

« Mais ce fut bien agréable tout de même, n'est-ce
pas, ma douce ? » ajoute le Fossile en prenant la main
aux ongles endeuillés (eux aussi) de la Larmiche pour la
baiser (la main, la dame, c'est fait !).

On sent qu'une passion vient de naître. Il va larguer
sa fringante maîtresse pour des amours mieux appro-
priées à son âge, Baderne-Baderne. Une ivresse peut
en cacher une autre. La preuve !

Il dit à l'ogresse :

— Je vais faire refaire votre appartement par un
grand décorateur d'intérieur. Il deviendra un nid
d'amour où je roucoulerai auprès de vous, chaque jour.
Nous irons à la messe, le dimanche, et nous mangerons
du caviar comme entrée et du foie gras comme viande !

La grosse puante larmoie de cette félicité promise.
Elle soupire que ben-merde-alors-si-j'aurais-pensé-ça !
Ne croyait plus au bonheur, après le décès tragique de
son unique enfant. Et puis tu vois, la magnanimité du

Seigneur ? Ça t'en bouche un coin, un Dieu d'une telle mansuétude ! Tu pensais qu'Il était là, toujours à guigner notre conduite, à nous tendre des pièges pour nous faire capoter la vie éternelle si on comporte mal ! Eh bien ! zob, mon pote ! Dieu est grand, bon infiniment, miséricordieux en plein. Il guérit nos misères, nos angoisses, conjure les dangers, ensoleille nos pauvres destins.

Ils s'embrassent à bouche-que-veux-tu. Deux tourtereaux !

Je touche le bras de Violette :

— Je crois qu'il vaut mieux que tu m'affranchisses toi-même, ma gosse !

Alors bon, elle m'explique le bidule, en long, en large, en travers et en vistavision.

« Friandise » était danseur dans une boîte de Montmartre gracieusement baptisée *Le Pet qui Fume,* sorte de petit cabaret où se produisent des attractions de catégorie « B » : chanteurs oubliés, strip-teaseuses au rabais, comiques pour casernes, imitateurs de vedettes disparues.

Un soir, pendant qu'il enfilait son collant à paillettes, une femme est entrée comme une folle dans sa loge.

Elle lui a fourré dans la main un petit ours en plâtre en lui disant d'un ton suppliant :

« — Des hommes me traquent ; par pitié gardez-moi cela quelques jours, et ne le remettez à personne d'autre que moi, vous serez largement récompensé. Où habitez-vous ? »

Dans la foulée, « Friandise » a donné son nom et son adresse, et la fille est repartie précipitamment. Passablement éberlué, le danseur a ramené le petit sujet de plâtre peint à la maison et a raconté son aventure aux Larmiche. Ils ont examiné l'ours, pensant qu'il était creux et recelait peut-être quelque chose de précieux, mais la figurine était en plâtre massif et ils n'ont pas osé la briser pour vérifier l'intérieur. L'incident les troublait. Après avoir tenu conseil, il fut décidé que la vieille irait placer la statuette dans son coffre de la Société Générale où elle conservait quelques louis d'or et des bijoux de famille.

Les jours passèrent sans que « Friandise » ait la moindre nouvelle de la femme. Et puis un soir, au cabaret du *Pet qui Fume,* deux hommes survinrent dans sa petite loge pour lui réclamer l'ourson de plâtre. En un éclair, le danseur comprit que, puisqu'ils venaient le trouver, c'est qu'ils étaient au courant de l'histoire et qu'il ne servait à rien de battre à Niort (1), ça ne pouvait que tourner au caca pour lui, ses visiteurs n'ayant pas l'air commodes. Il leur répondit avec une parfaite ingénuité, qu'il avait pris la femme pour une « dérangée » et que, trouvant la statuette plutôt minable, il l'avait déposée sur le trottoir en partant du théâtre, à l'intention d'un quelconque gamin qu'elle pourrait amuser.

Les deux gars prirent mal la chose, le houspillèrent quelque peu, le menacèrent, mais « Friandise » se cramponna à sa version des faits et ils finirent par se retirer, noirs de rage.

Quelques jours s'écoulèrent encore, « Friandise » se croyait quitte avec cette affaire quand, en début de semaine, la femme revint. Elle était complètement chargée, aux dires du danseur. Un zombie, l'air égaré, le regard en trous de vidange ; pour tout dire camée jusqu'à la racine des crins. Elle lui réclama son bien. « Friandise » répondit qu'il ne l'avait pas à dispose, l'ayant confié à un ami, mais qu'il le récupérerait et le

_____

(1) Battre à niort : nier.

lui remettrait deux jours plus tard. La femme se retira sans insister.

Le même soir, Larmiche se faisait déboulonner l'extrait de naissance dans sa rue. Point, provisoirement final.

Je remercie ma modeste Violette pour ce récit suce sein.

— Ainsi donc, fais-je, la fameuse statuette de plâtre se trouve en possession de Mme Larmiche mère. Et c'est pour la récupérer que les ennemis de la femme droguée sont venus à plusieurs reprises au domicile de « Tarte aux fraises (des bois) » et que, coincé par notre survenance inopinée, ils ont épinglé « Friandise » contre sa porte ! C'est pour tenter de la récupérer, toujours, qu'ils ont fouillé la bagnole du *dealer*.

Je reviens au couple qui est en train de se galocher pleine gueule.

— César, l'interromps-je, il ne faut plus que ta merveilleuse conquête retourne chez elle, rue du Poteau-Rose, jusqu'à nouvel ordre. Vous allez descendre dans un hôtel où vous conduira Violette et y vivre votre dévorante passion jusqu'à ce que je passe vous y récupérer demain. Vous n'en bougerez pas ni ne téléphonerez à quiconque, compris ?

Roméo-Pinaud assentimente. Prêt à tout accepter. L'amour vient de le frapper de plein fouet (d'ailleurs, elle fouette terrifiquement, sa conquête). Il marche non seulement à côté de ses mocassins Testoni, mais en outre vingt centimètres au-dessus, l'élégant !

Je leur prends congé pour aller me zoner. J'ai les vasistas qui font la colle et la clape qui cloaque un chouïe, biscotte la tronche de veau dauphinoise qui me regimbe dans les conduits. Bouffe et stress ne font pas bon ménage.

En arrivant *at home,* je vais user de la thérapie de

mon papa : une cuillerée à soupe de bicarbonate de
soude dans du vin rouge. C'est effroyable à écluser,
mais ensuite tu retrouves ta paix des profondeurs. Je
laisserai un message à m'man, sur la lourde de la
cuisine, de ne pas me réveiller avant huit plombes. Ça
lui donnera le temps d'aller m'acheter des croissants.

En pilotant, je me livre à un nouveau point de
l'affaire. Trois mystères ; je les ai déjà mentionnés,
mais dans ce boulot, c'est en se résumant sempiternelle-
ment les choses qu'on progresse.

*Premier mystère :* l'assassinat d'Élise Lalètra. De ce
côté : des lueurs. Le « Baron ». On va progresser, c'est
sûr.

*Second mystère :* l'assassinat de Larmiche. On a
retrouvé le garage qui a loué la voiture trucideuse, mais
rien de positif. « Tarte aux fraises (des bois) » n'a
vraisemblablement pas été victime de son réseau de
drogue. Alors qui ? Lugo Lugowitz ? Non : ce bandit
international ne l'aurait pas buté avant d'avoir mis la
main sur la statuette.

*Troisième mystère :* Les agissements, justement, de
Lugowitz. Nous savons à présent pourquoi il a planté
« Friandise » : pour retrouver la statuette. Mis à part
que nous ignorons tout de cette dernière, nous savons
l'essentiel quant aux agissements de ceux qui la recher-
chent. Ainsi il est clair que, le soir où la femme
paniquée s'en est débarrassée dans la loge du danseur,
ils ont mis la main sur elle et l'ont « questionnée ».
Comme leur première tentative auprès de « Friandise »
s'engageait mal, ils ont préféré agir subtilement en
« conditionnant » la fille pour qu'elle aille elle-même
réclamer son bien.

Résumé : nous avons progressé de combien dans
cette affaire triple face depuis qu'elle a éclaté ?

Selon moi : de trente à quarante pour cent.

Mais je suis probablement trop optimiste, non ? Que veux-tu, c'est dans ma nature profonde.

Le peintre de *Quai des Brumes* (interprété par Le Vigan) déclarait que lorsqu'il voyait un type se baigner, il pensait à un noyé.

Moi, quand je vois un noyé, j'espère toujours qu'avec la respiration artificielle ça va s'arranger !

# CHAPITRE DOUZE

## D'UNE QUALITÉ DE SUCE
## PINCE EXCEPTIONNELLE

Toute la nuit, dans le petit hôtel de la rue Delambre où elle était descendue, Marie-Marie avait noirci des feuilles de bloc. Bonne graine de fac, elle partait du principe que ce qui est écrit se conçoit mieux que ce qui est exprimé verbalement. Alors, avec une fièvre qui n'excluait pas l'application, elle avait consigné les éléments accumulés à propos des meurtres des trois prostituées. Elle agrémentait ses notes de croquis. Bourg-en-Bresse, Lyon, Paris... L'itinéraire d'un fonctionnaire de L'État. Ayant elle-même commencé une carrière dans l'enseignement, elle « sentait » qu'elle voyait juste. L'instinct ! Larmiche, le *dealer* travaillait « sur » les établissements scolaires. C'était devant le lycée André Sarda (1) qu'elle avait remarqué cet homme au parapluie qui étudiait leurs faits et gestes. Ce qui contrariait quelque peu sa certitude, c'était la déclaration de Mme Princesse, laquelle prétendait que le « Baron » fréquentait leur gentil clandé en début d'après-midi. Or, il est rare qu'un enseignant dispose de son temps pendant cette période de la journée ;

(1) Compositeur français, né à Carcassonne en 1898, auteur d'opéras « Le Joufflu du Trou Vert », « La Damnation de Fos », d'oratorios, de contrarios, d'agios, d'adagios, de concertos et de saucisses de Toulouse symphoniques.

mais, après tout, peut-être avait-il une ou deux brèches dans son emploi du temps de la semaine ?

Au petit morninge, quand elle entendit fredonner les premières chasses d'eau, elle se mit au lit et s'endormit toute crue pour ne s'éveiller qu'à quatorze heures trente, heure locale. Marie-Marie se fit servir du café noir et des œufs brouillés, habitude contractée à London, puis elle procéda à une toilette minutieuse et, drapée dans un peignoir-éponge mis à sa disposition par l'hôtel, vint s'asseoir devant le petit poste de télé et eut la chance de trouver un excellent film sur Canal-puce. Après le générique de fin qu'elle suivit scrupuleusement jusqu'au nom du laboratoire ayant procédé au tirage, elle zappa dans l'espoir de trouver encore une heure de dérivatif, mais on ne lui proposa que de la merde en branche et elle laissa se refroidir le téléviseur pour reprendre ses élucubrations de la nuit par le détail.

Elle les déchira avant de quitter la chambre et les confia à MM. Jacob-Delafon qui les expédièrent aux abysses de la fosse septique, car ils étaient eux-mêmes sceptiques.

La cour du lycée était déserte dans le crépuscule. Le froid hivernal venait de se faire plus tranchant avec l'approche de la nuit et, malgré son Burberry's doublé, Marie-Marie grelottait.

Elle contourna les bâtiments, la tête rentrée dans les épaules et aperçut la maison dont lui avait parlé le proviseur. Elle avait été bâtie en additif au groupe scolaire et son style moderne contrastait avec celui, III$^e$ République, du lycée.

Elle pressa le timbre à gauche de la porte d'entrée. Presque aussitôt on lui ouvrit : une femme d'une quarantaine d'années à l'allure douce et avenante. Elle était brune et sans fard ; tout juste discernait-on une vague trace de rouge à lèvres très pâle sur ses lèvres.

Marie-Marie voulut se présenter, mais la femme du proviseur prit les devants :

— Je sais ce qui vous amène, mademoiselle, mon mari m'a prévenue. Entrez, je vous prie, il ne va pas tarder.

Elle la pilota au living, une grande pièce claire dans laquelle brûlait un feu de cheminée. Deux canapés se trouvaient disposés perpendiculairement à l'âtre. La maîtresse de maison la débarrassa de son manteau et la pria de s'asseoir. Il régnait dans la pièce une chaleur capiteuse qui réconfortait lorsqu'on venait de braver le froid extérieur. Marie-Marie se sentit bien. Elle trouvait son hôtesse sympathique et quelque chose lui disait qu'elle ne tarderait pas à découvrir ce que les plus célèbres romanciers du genre n'hésitent pas à appeler : « la clé de l'énigme », ces cons.

La femme désigna une chemise bleue sanglée de toile sur une console.

— Mon époux a préparé une documentation ; je crois sincèrement que vous serez contente.

— Dieu vous entende, lâcha Marie-Marie, tout en se disant qu'une telle invocation n'était pas de mise dans un établissement laïque.

— Prendrez-vous un petit cocktail avec moi ? demanda l'épouse du proviseur. Je ne vous cache pas que j'en brûle d'envie, il ne me manquait que le prétexte.

Elle avait un rire spontané, à trilles. « Un rire d'oiseau », songea Marie-Marie. Comme si les oiseaux riaient !

Elle accepta. La femme brune se dirigea alors vers une table roulante, en verre fumé, surchargée de flacons, de fruits et de tout un matériel de barman. Elle s'affaira pendant un moment, puisant des glaçons dans

un récipient permettant leur conservation prolongée.
Elle chantonnait en espagnol et Marie-Marie réalisa
alors qu'elle conservait un très léger accent ibérique sur
lequel on ne s'attardait pas, mais qui ajoutait à son
charme.

Elle revint, tenant deux verres coniques emplis d'un
breuvage jaune et mousseux.

— J'espère que vous aimerez, fit-elle. C'est un
« Margarita ».

Elles trinquèrent et la femme but à longs traits.
Quand elle reposa son verre, sa bouche était frangée
d'écume.

— Ça se boit cul sec, encouragea-t-elle. Ce n'est pas
le genre de cocktail qu'on déguste, ses effets se
produisent après qu'on l'ait avalé.

Marie-Marie trouva le liquide fortement alcoolisé et
chargé en citron. Cela dit, ce n'était pas mauvais.

Elle le dit à son hôtesse qui en marqua une puérile
satisfaction.

— Pour respecter la vraie recette, dit-elle, il faudrait
tremper le bord du verre dans du sel, mais j'ai
remarqué que les Européens n'apprécient pas beaucoup.

Marie-Marie eut la langue levée pour lui demander
quel était son pays d'origine, mais sa compagne ne lui
en laissa pas le temps.

— Est-il indiscret de vous demander, mademoiselle,
ce qui motive vos recherches concernant le professeur X ? Mon époux brûlait de vous poser la question,
mais il n'a pas osé ; moi je n'ai pas honte de ma
curiosité.

Marie-Marie hésita, mais son hôtesse lui inspirait
confiance.

— Il s'agit d'une affaire plus que grave, répondit-
elle. D'assassinat, pour tout vous dire.

— D'assassinat ! répéta la femme du proviseur, apparemment bouleversée.

— Vous avez entendu parler de cette prostituée dont on a retrouvé le corps il y a quelques jours : elle avait été tuée d'une rafale de balles tirées dans son sexe ?

— Vous voulez dire que c'est un de nos professeurs qui aurait commis cette abomination ?

— Je le crains.

Marie-Marie désigna le dossier bleu à sangle sur la console.

— La réponse, si elle est affirmative, se trouve là-dedans.

— Un second cocktail ? proposa l'hôtesse.

— Oh ! non... Le premier déjà me tourne la tête.

— En somme, vous travaillez pour la police ? demanda la femme brune.

— De manière très officieuse. Je suis enquêtrice pour une maison d'assurances londonienne, mais je me trouve en vacances et mon... mon fiancé n'est autre que le directeur de la P.J.

— Vous mettez la main à la pâte ? plaisanta l'hôtesse.

— En quelque sorte.

— Il est au courant de vos soupçons concernant le professeur X ?

— Non.

Marie-Marie pressa ses tempes entre le pouce et les autres doigts de ses mains.

— Vous n'auriez pas un verre d'eau ? demanda-t-elle, je crois que votre Margarita était corsé. Qu'y a-t-il dedans ?

— De la tequila et du citron, répondit la femme en se levant pour aller chercher ce qu'elle lui demandait. Gazeuse, l'eau ?

— Peu importe.

Elle souffrait d'un mal de tête violent qui lui causait

de cruelles lancées au-dessus de la nuque. Quelque chose de vague la tourmentait soudain. Elle cherchait de quoi il retournait, mais la migraine déferlait si violemment sous son crâne qu'elle avait du mal à coordonner ses pensées.

— Tenez.

Elle rouvrit les yeux et eut le gros plan d'un verre d'eau devant son nez. Des bulles se bousculaient dans le liquide. Elle s'empara du verre, presque à tâtons, le porta à ses lèvres et but jusqu'à ce qu'il fût vide.

Elle perçut un bruit de porte et vit le proviseur s'avancer vers elle en souriant. Il était en pyjama et veste d'intérieur de velours noir à brandebourgs.

— Bonsoir ! fit-il.

Il ne s'excusa pas d'être en retard, non plus que de porter une tenue aussi peu compatible à la réception d'une personne étrangère à la maison.

— J'ai travaillé pour vous, dit-il en allant prendre la chemise bleue.

Il fit sauter la sangle et revint auprès de la jeune visiteuse, sur le canapé. Le dossier contenait différents feuillets dactylographiés qui tous étaient des fiches nominatives auxquelles se trouvaient accrochées des photos d'identité.

— À vrai dire, le tri n'a pas été long, reprit-il ; si je m'en réfère à vos indications, une seule personne du lycée André Sarda a été tour à tour en poste à Bourg-en-Bresse et à Lyon avant d'arriver ici. Un certain Pach Louis ; mais il n'est pas professeur.

Il tendit la fiche à Marie-Marie. Elle souffrait tellement de la tête que les lignes dansaient devant elle. Elle regarda la photo jointe, mais elle savait déjà. Le cliché représentait le proviseur sans perruque.

Il murmura :

— Je mets une moumoute pour éviter les quolibets de nos garnements. À Bourg-en-Bresse et à Lyon, ils

m'avaient surnommé « Crâne d'œuf ». J'ai fait des frais
pour monter à Paris.

Marie-Marie sentit s'ouvrir un gouffre dans ses
entrailles. Une sorte d'intense désespoir, mêlé de
résignation la fit se courber en avant. Elle comprit que
ce qui l'avait assombrie, un moment plus tôt, c'était le
mot « tequila ». La femme Pach lui avait fait prendre
de la tequila, comme en avait bu Élise Lalètra avant de
se faire tuer. Des regrets brûlants la submergèrent. Elle
pensa à San-Antonio qu'elle avait voulu épater et qui, à
cet instant effroyable, faisait probablement le joli cœur
devant une pétasse quelconque en attendant son
retour !

— Vous m'avez droguée ? balbutia-t-elle, tournée
vers Mme Pach.

Cette femme constituait pour elle un espoir. Elle
songeait que le proviseur assassin n'oserait jamais la
trucider en présence de son épouse. Qui sait, peut-être
arriverait-elle à amadouer celle-ci ?

— Droguée est excessif, répondit l'interpellée. Je
vous ai juste administré un calmant. Détendez-vous.

Elle demanda, tournée vers son mari :

— Elle te plaît, Louis ?

— Beaucoup ! avoua-t-il. On dirait une jeune fille.

— Tu veux la prendre sur le canapé ou dans la
chambre ?

— Dans la chambre, c'est plus confortable.

— Alors, allons-y ! dit-elle avec entrain.

Ils saisirent Marie-Marie chacun sous une aisselle,
l'obligeant à se lever, puis à marcher. Elle tenta de
regimber, mais elle était sans force et presque sans
volonté ; à peine parvenait-elle à mettre un pied devant
l'autre.

Au fond du vestibule, il y avait la chambre à coucher
du couple. Très exotique. Elle comprenait un lit
ouvragé, à longues colonnes semblables à des cierges de

bois torsadé, sur lequel on avait jeté un couvre-lit du genre poncho, aux couleurs pimpantes. Un sombrero de fête s'étalait sur un mur blanc, des statuettes incas et des instruments de musique recouvraient le marbre d'une commode.

Marie-Marie prit vaguement conscience de ces choses avant que le couple ne la propulse sur le lit où elle tomba, la face en avant. Le couvre-lit de laine lui donna envie d'éternuer. Elle resta là, inerte, privée de toute énergie. C'est tout juste si elle sentait la main du proviseur qui retroussait sa jupe pour aller saisir l'élastique de son slip.

— Non ! cria-t-elle.

— Chut ! fit la femme, soyez sage ! D'ailleurs vous avez de la chance, Louis fait très bien l'amour, vous verrez.

Marie-Marie sentit que son visage était trempé de larmes.

— Antoine…, soupira-t-elle. Oh ! Antoine…

— Cet Antoine, c'est l'homme que vous aimez ? questionna Mme Pach.

D'une voix mourante, elle répondit que « oui ».

— Il a de la chance. Faut-il qu'il vous inspire un sentiment profond pour que vous proferiez son nom à cet instant, reprit la femme brune. Généralement, c'est sa mère qu'on invoque avant de mourir.

Marie-Marie, d'une détente, se plaça sur le dos et demanda, presque posément :

— Mais enfin, pourquoi voulez-vous me tuer ? Êtes-vous sadiques, tous les deux ? Vous n'en avez cependant pas l'air !

— Vous êtes psychologue, répondit la femme du proviseur. Effectivement, ce n'est pas par plaisir que je tue des femmes.

— Ah ! parce que c'est vous qui…

— C'est moi !

Mme Pach ouvrit un tiroir de la commode pour y prendre un revolver à barillet au canon long. Elle en sortit également une petite bande de sparadrap qu'elle se mit à entortiller autour du canon pour lui donner de l'épaisseur ; elle gaina le tout d'un préservatif lors- qu'elle eut achevé de l'emmailloter.

Pendant qu'elle s'activait, à gestes experts, son mari continuait son manège. Il avait arraché la culotte de Marie-Marie et passait lentement le tranchant de sa main contre son sexe. Pach semblait perdu dans une hypnose infinie. De sa main libre, il accusait le renfle- ment de son pyjama. Marie-Marie se tordait sous la caresse, mais la drogue qui circulait dans ses veines sapait ses forces et sa volonté.

Mme Pach vint s'asseoir sur le lit, tout contre elle. Elle tenait le revolver par sa crosse ; l'arme ressemblait maintenant à un phallus grossièrement reproduit.

— Vous êtes adorable, assura-t-elle. Mon époux va prendre un plaisir fou avec vous. C'est un jouisseur délicat ; vous verrez, il a des manières exquises.

Marie-Marie se mit à pleurer, sans bruit. Elle maudissait ce besoin d'épate qui l'avait incitée à poursuivre seule l'enquête. Elle allait connaître une mort atroce pour avoir voulu éblouir « son » Antoine.

— Je suis mexicaine, déclara brusquement « l'épouse ».

Elle annonça la chose comme si elle devait « éclai- rer » la situation.

— Ma famille a pas mal de sang indien dans les veines et, bien que nous pratiquions la religion catholi- que, nos véritables croyances sont ailleurs. Il existe chez nous des traditions, des coutumes qui constituent l'armature de notre existence. Mon mari qui est un homme à l'esprit ouvert, l'a bien compris et je ne trouverai jamais adepte plus convaincu, n'est-ce pas, Louis ?

Pach ne put répondre car il avait enfoui sa tête entre les cuisses larges ouvertes de sa victime et l'embrassait passionnément.

— Voici quelques années, reprit l'épouse, j'ai contracté un cancer de l'utérus dont on m'a opérée malgré mes réticences. Il était sûrement trop avancé pour guérir grâce à l'intervention, des métastases s'étaient propagées et l'on décida de me traiter à la chimiothérapie. Cette fois je refusai, préférant mourir avec mes cheveux que de végéter chauve. Pour un homme, la chose est banale. Une tête rasée confère même du charme. Mais pour une femme, il s'agit d'une réelle mutilation. C'est alors que je décidai de retourner dans mon village mexicain pour rendre visite à un sage de grand savoir, réputé pour les guérisons miraculeuses qu'il obtient par des méthodes très spéciales. Vous me suivez ?

Marie-Marie fit un signe qui pouvait passer pour affirmatif. Les manigances amoureuses de Pach la laissaient insensible ; elle avait l'impression de subir une intervention chirurgicale sous péridurale. Elle se rendait compte de tout mais n'éprouvait rien. Il ne restait de place en elle que pour l'effroi.

— Mon sage, ou « sorcier », si ce mot fourre-tout vous convient mieux, m'indiqua le dur prix de ma guérison : faire mourir une femme en la frappant là où résidait mon propre mal. Au début, j'étais terrifiée, mais mon cher mari me convainquit qu'il fallait obéir. C'est une prostituée anonyme de Mexico qui subit l'holocauste. Effectivement, je ressentis un bien-être immédiat et nous revînmes en France. J'étais à peu près guérie. Je me croyais délivrée.

« Hélas, deux ans plus tard, mon mal récidiva. Nous habitions Bourg-en-Bresse alors. Louis me déclara qu'il me fallait renouveler le « traitement », si j'ose dire. Il se mit en quête d'une victime expiatoire. Les prostituées constituent une sorte de réserve idéale pour cela. On peut les entraîner n'importe où et leur mort ne déclenche ni la passion populaire, ni l'intérêt des médias. À la suite de cette deuxième « opération », j'eus une nouvelle rémission. Dans ces périodes de salut retrouvé, je peux de nouveau faire l'amour avec Louis. C'est un garçon ardent, à l'appétit aiguisé, comme vous pouvez vous en rendre compte en ce moment. Pour le calmer, quand je suis indisponible, il doit avoir recours aux professionnelles.

« Lorsque après sa mutation au lycée Christian Rouvidant de Lyon (1) mon cancer refit des siennes, nous dûmes recommencer. Chaque fois qu'une femme périt de ma main, de la manière que vous savez, j'obtiens un répit d'un ou deux ans. Grâce à la mort de la dernière fille, je vais attaquer une période faste, aussi votre disparition n'est que prudence de notre part. Vous vous êtes montrée trop perspicace, mademoiselle. Sitôt que mon bien-aimé Louis se sera soulagé avec vous, nous en terminerons. Je viderai le contenu de ce barillet à l'intérieur de votre corps, puis j'irai faire un tour en ville pendant que mon cher mari s'occupera de votre cadavre. C'est son lot, à lui. Il est bourré de jugeote.

« La dernière fois, il a joué un vilain tour à une vermine de *dealer* dont il surveillait les agissements depuis un certain temps. Cette crapule vendait de la drogue à certains de nos élèves. Il laissait sa grosse auto dans la rue Gérard-Barrayer, une voie totalement déserte avec laquelle nous, nous pouvons communiquer

---

(1) Christian Rouvidant, l'un des plus grands maîtres de la cuisine française, à l'instar de Brillat-Navarin. On lui doit, entre autres : le pot-au-feu de testicules de bœuf aux cornes d'escargots, la branlette de haddock à la langue fourrée, et la tarte aux poils nappée d'un granité de foutre.

grâce à une petite porte de fer dont on ne se sert que lorsqu'on livre le mazout au lycée. Les préposés passent leurs tuyaux par là. Louis est allé flanquer le cadavre de la putain dans son coffre et, tenez-vous bien, il a fait cela juste le jour où la brigade des stupéfiants venait l'arrêter ! (Elle rit.) Le hasard est avec nous, non ? »

Marie-Marie resta silencieuse. Les doigts agiles du proviseur s'apprêtaient à la forcer. L'homme marqua une légère pause pour retirer sa chevalière. Il avait tourné l'écusson à l'intérieur de sa main pour qu'elle eût l'air d'une alliance.

# CHAPITRE TREIZE

## QUI NE REND PAS
## L'AUTEUR SUPERSTITIEUX

Les degrés de marbre permettant l'accès à la salle des coffres la font haleter. Cramponnée à mon bras gauche et au bras droit de Pinuche, la vieille ogresse ronfle de la poitrine comme un vieux ventilateur dans un bouge de Caracas.

L'employé de la banque, plus véloce, nous attend déjà devant l'énorme grille avant de l'ouvrir.

La Larmiche chuchote à mon oreille :

— Vous savez que ce César me tue à coups de bite ? Quel âge a-t-il ?

— Plus, réponds-je, ne voulant pas trahir les secrets de la Pine.

Elle ajoute :

— Figurez-vous : trois fois de suite, en enchaînant sans s'être retiré ; j'en ai les miches qui me brûlent. À la fin, je me suis demandé s'il ne s'agissait pas d'une banane. Mais non, il me travaillait bel et bien avec de l'authentique !

— Il est d'un bois dont on ne fait pas que les pipes, renchéris-je.

La grille s'écarte. La vieille tend son vieux sac à main nécrosé à Pinaud.

— Bijounet, cherche la clé de mon coffre ! lui ordonne-t-elle.

Et le vieux « Bijounet » s'exécute.

Il marmonne :

— Dieu, quelle pagaille : une chatte n'y retrouverait pas ses petits, mon adorée. Il faut que nous allions chez Hermès en acheter un autre en sortant d'ici.

— Puisque tu insistes, ma douce queue..., consent l'éprise.

L'employé de la banque ne sait plus où se mettre, alors il déponne le coffiot numéro 697 et joue cassos tandis que la mère Carabosse entreprend son exploration. Elle sort tour à tour du coffre : un manche à gigot en argent ; un médaillon en métal doré recelant la photo d'un sous-con qui doit être son défunt mari ; une aumônière en soie et nacre ; une grosse médaille commémorative en bronze représentant le cardinal de Richelieu passant les troupes en revue au siège de La Rochelle ; un crucifix d'ivoire ; une dent de cachalot sur laquelle est gravé : « Souvenir de Dieppe » ; un double de la clé du coffre qu'elle explore, pour le cas où elle perdrait la première ; une boîte de pastilles Vichy contenant cinq louis d'or enveloppés de papier hygiénique ; un programme des *Folies-Bergère* dédicacé par Mistinguett, et le bridge en or prélevé, après sa mort je suppose, sur la mâchoire de son époux.

— C'est tout ? haleté-je, au comble du désappointement.

— En ce qui me concerne, oui. Mais pour ce qui est de votre petite connerie, il faut que vous l'attrapiez vous-même, puisque vous êtes grand, car je l'ai foutue derrière mes biens personnels.

Je fais des pointes, enquille ma dextre dans le trou noir et mes affres se trouvent guéries lorsque je ramène un cornet (confectionné avec du papier journal de gauche) contenant l'ourson.

Cet objet d'apparence innocente, voire imbécile, me plonge dans l'extase. Pour un peu, je déposerais des bibises mouillées sur son museau !

Je le secoue, le toque de mon index replié, ça sonne le plein. J'en grattouille le dessous : il est en plâtre. Comment le faire parler, cet ours ? Ça, c'est du boulot pour Mathias.

Mémère achève de remettre ses « trésors » en lieu sûr, alors j'abandonne le couple pour rabattre à la maison mère. Ils vont retourner à leur hôtel prendre le thé en batifolant, puis ils remettront le couvert. L'amour, quand ça vous tient, y a plus d'âge. Les jeunes se croient les rois du monde parce qu'ils ont une queue aisément déclenchable, mais leurs toc-toc-Jeannot-lapin n'est pris en considération que par les jouvencelles et autres petites péteuses sans slip. Les femmes, à compter de la trentaine, savent bien que le grand panard, c'est avec un homme mûr, voire parfois un vieux. Car s'il est une chose qu'il ne faut pas précipiter, qui requiert la lenteur et son corollaire l'expérience, c'est bien l'amour. Le blé en herbe, c'est attendrissant, mais c'est pas payant. Le foutre, c'est comme le vin : faut qu'il ait des années de bouteille !

Arrivé à la Grande Cabane, je vais remettre l'ourson à Mathias, et ensuite je descends dans mon burlingue.

Coup de grelot à la maison.

— Ça va, ma bichette ?

Elle répond que oui, mais je la connais trop bien pour ne pas sentir une réticence dans sa voix.

— Tu as des nouvelles de la Musaraigne ?

— Aucune.

— Merde ! Qu'est-ce qu'elle fout, cette conne !

— Elle est libre, objecte perfidement ma vieille.

Oh ! que je n'aime pas ça.

— Qu'est-ce qui t'arrive, m'man, t'as l'air de mauvais poil.

Elle hésite, puis :

— Toinet est infernal. Pendant que j'étais chez le

dentiste, il a pris la caisse de notre vieille horloge dauphinoise pour en faire une barque dans la pièce d'eau du jardin.

— Mais c'est une vraie salope, ce môme ! Passe-le-moi !

— Comme je l'ai giflé, il est allé s'enfermer dans sa chambre pour bouder !

— On réglera ça ce soir !

Du coup, c'est l'embellie pour Féloche.

— Alors tu rentres dîner ?

— *Yes, mam.*

— J'ai prévu une choucroute garnie, c'est un plat de saison.

— Féerique ! N'oublie pas de mettre une ou deux bouteilles de sylvaner au frais !

— J'espère que Marie-Marie sera rentrée.

— Je l'espère également.

À peine viens-je de raccrocher que M. Blanc me turlute par la ligne interne :

— Je peux te voir, Dirlo ?

— Viens !

Il prend ses fonctions au sérieux et se saboule comme un mec de la City ; pour un peu il porterait le chapeau melon. Jérémie prend place en face de moi, d'un bout de derrière gourmé.

— Tu as l'air nuageux ? note-t-il.

— J'attends l'anticyclone qui piétine au-dessus de l'Atlantique.

— Qu'est-ce qui coince, grand ?

— Quand je le saurai, ça ira mieux. Alors ?

— J'ai mis les inspecteurs Fraisette et Bordupeau sur l'histoire du garage Labielle, celui qui a loué la voiture homicide à un homme mort. Ce sont des consciencieux. Ils ont établi un signalement très pointu du client et fait exécuter son portrait robot. Voici en outre un curricu-

lum de feu Fromentino Georges dont on a utilisé
l'identité.

Il dépose trois feuillets rédigés à l'imprimante sur
mon sous-main, plus une photo-puzzle. Comme chaque
fois qu'on t'offre un album, je prends connaissance de
l'image, mettant à plus tard la lecture du texte.
L'homme est paresseux en toute circonstance.

Ce genre de portrait robot m'incommode toujours
parce qu'il n'est pas le véritable reflet d'un individu,
mais une sorte de « brouillade » indécise, sans consis-
tance véritable. Sorte de kaléidoscope chargé de suggé-
rer d'autres portraits. L'être reconstitué par le technicien doit avoir la cinquantaine et produit une gueule
« trafiquée » déjà au départ, c'est-à-dire que les
témoins qui ont fourni les indications étaient abusés par
des artifices classiques : moustache, favoris, lunettes,
boules de caoutchouc chargées de gonfler le bas des
joues.

Je rends le portrait à mon collaborateur.

— Va trouver l'auteur de ce chef-d'œuvre et dis-lui
de le traiter sans moustache, ni lunettes ni bajoues. Ça,
c'est ce que le client du garage Labielle a VOULU
montrer ; mais tu penses bien que s'il a pris une fausse
identité, il s'est composé une fausse gueule pour aller
avec !

— O.K., boss ! Bien vu !

En sortant, il se télescope avec le Rouillé qui radine.
Xavier Mathias ne met plus de blouse blanche depuis
qu'il a été promu directeur du labo, sauf quand il
procède à des manipulations « salissantes ». Ce jour, il
arbore un tweed de teinte feuille-morte (pas complètement morte), une chemise jaune et une cravate mar-
ron ; un camaïeu, quoi !

Il place l'ourson sur les feuillets que m'a remis
M. Blanc.

— Mission accomplie, annonce-t-il.

Je caresse l'animal du doigt.

— Alors, que contient-il ?

— Rien : je l'ai passé aux rayons X.

— Tu ne vas pas me dire que c'est juste une babiole de fête foraine !

— Non, monsieur le directeur, je ne vais pas te le dire.

— Raconte !

— Comme tu le constates, il est enduit d'une peinture brune ; normal, puisque c'est un ours brun. Cette peinture est particulièrement foncée sous le ventre.

Je retourne l'ours.

— Mais tu l'as grattée ?

— Pas du tout, j'en ai seulement enlevé une partie avec du dissolvant. Maintenant, prends la loupe qui est près de l'encrier et regarde attentivement la surface nettoyée.

Je m'exécute (ce qui est préférable à se faire exécuter par quelqu'un d'autre).

— Vu, murmuré-je. Il y a des chiffres et des lettres minuscules gravés dans le plâtre.

— Tu lis quoi ?

— A Z 141.

— Exact. Mais examine encore, et de plus près, qu'aperçois-tu, directeur ?

Il me faut adapter la loupe à ma vue en rapprochant et reculant l'objet. Et puis je trouve.

— Une empreinte de pouce !

— Gagné !

Je continue de fixer le bide renflé de l'ours, cherchant à coordonner mes pensées.

— À quoi peut servir cette statuette, Mathias ? Pourquoi confier à un sujet de plâtre ce qui aurait été plus aisément dissimulable sur un simple morceau de papier ?

— On avait besoin du relief.

— Une carte de crédit est en relief !

— Tu ne peux pas peindre une carte de crédit. Qui s'intéresserait à cet ours de pacotille ?

— Tu n'as pas répondu à ma question : à quoi sert-il ?

— À avoir accès à un coffre secret, je suppose. L'empreinte qui y figure doit être indispensable pour l'ouvrir.

— Un coffre…, répété-je.

Ça se coince un peu dans mon bulbe. Je suis pas très performant depuis que je sais que Marie-Marie n'a plus donné de ses nouvelles. C'est pas son style. Une vilaine angoisse me taraude. Elle est pleine de jugeote, la môme. Suppose que « son enquête » l'ait conduite jusqu'à l'assassin ? Et que…

— Pardon ? fais-je à Mathias qui vient de me dire quelque chose que je n'ai pas entendu.

— Je te demandais quelle est la ville dont l'ours est l'emblème ?

— Attends… Berne, non ?

— Exact.

— Tu supposes donc que le coffre mystérieux se trouve dans la capitale fédérale ?

— Une impression. Tu as déjà vu les ours de bazar vendus dans le canton de Berne : des baromètres en bois, des peluches, des statuettes de plâtre ?… Celui-ci en est un. Tous ont la même physionomie bonasse et gentillette. Tu veux connaître l'histoire que je me raconte ? Des gars d'Amérique du Sud ou d'ailleurs se livrent à un trafic, mettons de drogue. Après leurs livraisons, ils sont payés en Suisse (l'affaire du blanchiment a fait un assez beau scandale il y a quelque temps). Leurs clients déposent l'argent dans un coffre spécial qui s'ouvre grâce à cette figurine.

« Des transfuges du réseau veulent s'approprier le magot et mettent la main sur l'ours ; je pense à la fameuse femme affolée qui, se voyant traquée, est allée remettre cet objet à « Friandise ». La fille en question est enlevée ; elle parle. Dans un premier temps, les mecs du réseau font un pas de clerc et l'ami de Larmiche parvient à leur donner le change. Alors le réseau met sur l'affaire un spécialiste chevronné : Lugo Lugowitz. Avec lui, pas de blabla : on passe à l'action directe. Il médicamente la femme, la soumet pour l'obliger à retourner auprès de « Friandise ». Elle obtient le renseignement clé : l'ours est toujours en possession du danseur et des gens chez lesquels il vit. C'est l'hallali ! »

Je lui tends une main striée de lignes de tout premier choix question : vie, santé, richesse, bonheur !

— Bravo, Van Gogh ! Hypothèse de grande classe qui doit frôler de près la vérité si elle ne l'exprime pas pleinement. Vous partez immédiatement pour Berne, Jérémie Blanc et toi. Je vais vous signer un solide bon de caisse pour que vous puissiez y chiquer les P.-D.G. et, s'il le faut, soudoyer des employés pas trop délicats, si toutefois on peut trouver ça dans ce petit pays de grande probité. Nous sommes en vue de la gagne, Rouillé. Je compte sur vous !

Tiens, voilà que j'use des ronflades du Vieux. Le style a quelque peu changé, mais le principe est toujours le même. Exhortations et trémolos sont les deux mamelles du chef.


Dieu sait qu'elle est savoureuse, cette choucroute ! Pourtant je la mange du bout des dents.

Tu parles d'une nature morte dans mon assiette ! Une couverture de magazine culinaire ! Gault et Millau ! Sur le monticule d'or aux reflets cuivrés, s'empilent du lard peint par Bacon, du jambon rose comme un cul de bébé, des francforts qui éclatent sous la fourchette, des côtes de porc délicatement bordées de graisse, des pommes de terre fermes à la vue, tendres au couteau. Et par-dessus cette féerie, une fumée légère comme celle de l'opium : des senteurs conçues pour stimuler les glandes les plus raffinées.

M'man chipote sur une saucisse, une seule, déposée sur un mince lit de chou

— C'est tout ce que tu prends ? protesté-je.

— Tu sais bien que je mange peu, mon grand.

N'empêche qu'elle mangerait davantage si Marie-Marie partageait nos agapes. Elle n'a toujours pas donné signe de vie, la maudite.

— Où est Toinet ? demandé-je pour dire de réagir.

— Il continue de bouder. Je l'ai appelé pour le dîner, il m'a répondu qu'il n'avait pas faim. Cet enfant devient difficile, Antoine.

Je me dis qu'avec l'hérédité que le bougre trimbale, ça n'a rien de surprenant. Je finis par me demander si, les mômes, on n'a pas intérêt à les faire soi-même !

Furax, je dépose ma serviette sur la table et m'élance dans l'escadrin.

— Antoine ! Non, laisse ! exhorte ma Féloche, toute chagrine d'avoir déclenché mes foudres.

J'arrive comme un taureau devant la lourde du « délinquant » que je martèle du poing.

— Antoine ! Viens bouffer !

— Pas faim ! répond avec impertinence ce vaurien.

Putain, ce qu'il a tort ! M'envoyer aux pelotes quand j'ai déjà le mental qui roule sur la jante.

Pas d'hésitation, je recule d'un demi-pas, lève la jambe droite et balance mon saton dans la serrure. Elles sont chétives, ces fermetures intérieures. Juste pour dire que les gosses entrent pas à l'improviste pendant que tu tires la bonne !

La porte va frapper le mur à toute volée. J'aperçois

Crâne de pioche assis en tailleur sur son plumard et il a gardé ses chaussures, ce qui navrerait Félicie.

Déconcerté (et même un peu plus) par mon entrée tapageuse, il pâlit un peu et ses yeux s'emplissent d'appréhension. Je l'arrache du lit en le chopant par le colback et le plante debout devant moi.

— Y aura pas de prochaine fois, dis-je d'un ton glacial. S'il s'en produisait une autre, je te défoncerais la gueule. Va t'excuser auprès de maman et mets-toi à table, sa choucroute est royale !

En agissant ainsi, je fais beaucoup pour lui. Ce genre de gentil fripon doit être drivé d'une main de fer pour ne pas déraper dans les tentations voyouses. Fermeté et magnanimité aideront à le mener à bon port.

Toinet a assez d'intelligence pour piger jusqu'où il peut aller trop loin. Il subodore parfaitement que s'il déraille, son cul deviendra plus incandescent que l'Etna dans ses périodes de grogne.

Il a sauté au cou de Féloche en murmurant :

— T'en veux pas à ton gredin, maman ?

Elle a secoué la tête pour s'égoutter deux-trois larmes.

Il a ajouté :

— Te caille pas la laitance pour ton horloge : j'avais retiré les poids, le balancier et le mouvement. La caisse séchera, je la finirai avec ton séchoir à cheveux.

Et puis il attaque la fabuleuse choucroute.

— Et Marie-Marie ? demande-t-il, la bouche pleine. Comment ça se fait qu'elle bouffe pas ici ?

Moi je me demande, en cent fois plus pathétique : « Oui, comment cela se fait-il ? »

Je mate l'heure au réveille-matin de la cuisine : un gros monstre antédiluvien, coiffé de sonnettes, qui ressemble à une batterie d'orchestre miniaturisée. Il raconte neuf plombes, sans trop s'en vanter. Et alors ma gorge se crispe comme si je cherchais à avaler une corde à nœuds de six mètres. Ça hurle dans ma viande, ça produit un bruit de scie circulaire attaquant du bois dur. Tout mon être me crie que la môme est en danger, en GRAND danger ! J'ai soudain honte de la divine choucroute, du petit alsace glacé. Honte de rester les pieds sous la table à craquer des grains de genièvre avec mes molaires.

— Il faut que j'y aille ! décidé-je.

— Où cela ? demande maman.

Ben oui, où cela ?

Je pose mes coudes sur la table, enfouis mon beau visage de sadomasochiste dans mes mains et me mets à réfléchir avec une intensité éperdue. Hier, j'ai suivi le match de foot Marseille-Saint-Étienne à la télé. En seconde mi-temps, l'O.M. menait 1 à 0. Alors, en approchant de la fin du match, les Stéphanois se sont déclenchés comme des fous. On VOYAIT leur volonté d'égaliser. Ils chargeaient éperdument, sans relâche, avec une si farouche détermination qu'à l'ultime seconde, le ballon est entré dans la cage adverse. C'était beau, presque logique, mérité en tout cas. Moi, à cet instant je pense avec tant d'impétuosité que je vais « fatalement » trouver. Et voilà qu'une phrase de Marie-Marie me revient à l'esprit. Elle l'a balancée rue Gérard-Barrayer (1) en bordure du lycée André Sarda (2). Elle a dit à peu près ceci : « Je sens que c'est d'ici que tout est parti. » Ou quelque chose d'approchant.

(1) *Gérard Barrayer :* as de l'aviation française (1894-1917). Commandait l'escadrille des « Hérons » pendant la guerre de 14-18. 328 victoires avant la limite. Une seule défaite, mais irréversible.

(2) *André Sarda :* célèbre religieux, né à Grenade (1050 ?), qui fonda l'Ordre des Prépuciens de la Saint-Glinglin.

— M'man, je n'y tiens plus, il faut que je m'occupe de la Pécore.

Elle me répond d'un seul mot, très bref :

— Va !

J'alle.

# CHAPITRE QUATORZE

## QUI TE PROUVE QUE L'AUTEUR N'EST PAS UN FAINÉANT !

*Avoir des rapports sexuels avec une autre femme que la sienne, en présence de celle-ci, ne saurait provoquer sa jalousie quand la partenaire occasionnelle n'est pas consentante.*

Pach revissa le capuchon de son stylo en soufflant sur son texte afin d'en sécher l'encre. Sa femme s'approcha pour lire la sentence. Elle acquiesça.

— Comme c'est bien vrai, dit-elle. Il faudra bien qu'un jour tu publies ces écrits, mon amour. Ce serait dommage qu'ils fussent perdus.

— Lorsque j'en aurai beaucoup, peut-être, rêvassa Louis Pach, rien ne presse.

Mais il se voyait déjà dans la Pléiade.

Elle le saisit aux épaules et se pressa contre lui. Elle avait une dévotion pour son mari, le considérait comme son maître et son dieu.

Écartelée sur le lit, Marie-Marie gémissait comme un enfant malade. Elle avait le bas du corps entièrement dénudé, la jupe remontée jusqu'à la poitrine. Perdue dans une semi-inconscience, elle ressentait à travers ses « brumes » une brûlure lancinante au bas-ventre. Elle ne pouvait pas formuler de pensées précises, son esprit captait des bribes de sensations et elle éprouvait

des poussées émotionnelles confuses : « On m'a prise...
J'ai eu mal... Du feu... Qui ?... Le mari... La femme
l'encourageait pendant ce temps... Comme je criais,
elle a appliqué sa main sur ma bouche... Si fortement
que j'ai les lèvres fendues... J'ai cherché à lui mordre la
paume mais je n'y suis pas parvenue : elle appuyait trop
à plat... J'ai le goût salé de sa peau... »

Pach déposa son gros stylo et interrogea son épouse
du regard.

Elle secoua la tête comme s'il lui avait posé une
question.

— Non, pas sur le tapis ; j'ai eu trop de mal à le
« ravoir », l'autre jour. Va décrocher le rideau de la
douche.

Il obéit. Quand elle fut seule avec Marie-Marie, la
femme du proviseur s'accouda au montant du lit.

Elle tenait négligemment le revolver enturbanné.

— Vous m'entendez, mademoiselle ? demanda-t-
elle.

Marie-Marie eut un faible acquiescement.

— C'était bon ? poursuivit la Mexicaine.

— Non, eut la force de chuchoter la jeune fille.
C'était horrible. Vous êtes deux fous sanguinaires...

La femme brune ne parut pas choquée.

— Évidemment, fit-elle, vous ne pouvez pas
comprendre. Il faut être de là-bas pour admettre ce
genre de chose !

— Vous trouvez normal de sacrifier des vies
pour essayer de prolonger la vôtre ! balbutia Marie-
Marie.

— Oh ! des vies de putain !

— Elles valent n'importe quelles autres ! Et moi, je
ne suis pas une putain !

— Vous, mais vous êtes un danger. Nous ne sommes
pas allés vous chercher : c'est vous qui êtes venue

délibérément nous trouver, tant pis pour vous. On ne
doit jamais provoquer le sort.

Pach revint, tenant sur le bras un rideau de douche
opacifié par l'humidité.

— Tu peux la soulever pendant que je le place sous
elle ? demanda-t-il à sa femme.

Elle alla poser son arme sur la commode, puis revint
au lit pour saisir leur victime à bras-le-corps et la tenir
au-dessus de la couche pendant que Louis étalait
prestement le plastique sur le couvre-lit.

L'épouse laissa choir Marie-Marie et la contraignit à
rouvrir ses jambes. Comme elle résistait, Pach l'aida et
la Mexicaine introduisit le canon empaqueté de l'arme
dans le corps de Marie-Marie.

— Rassurez-vous, fit-elle : six balles de ce gros
calibre, tirées rapidement, ont un effet presque immédiat.

— Un instant ! dit le proviseur.

— Quoi ? interrogea sa femme.

— La musique !

Il avait inséré une cassette du *Vaisseau fantôme* dans
un lecteur rouge. Quand l'appareil fut enclenché, les
cuivres éclatèrent.

Marie-Marie essayait de réciter une prière, mais rien
de cohérent ne se présentait à son esprit. Elle pensait
très fort deux mots : « Mon Dieu ! Mon Dieu ! Mon
Dieu ! » et ses pulsations rythmaient ce suprême appel.

— Tu n'as pas relevé le cran de sûreté ! indiqua Pach
à qui rien n'échappait.

Du pouce, elle rectifia son oubli.

— O.K., vas-y !

Juste comme il disait cela, il y eut un gros bruit
derrière le couple, causé par la porte de la chambre
qu'on venait d'ouvrir d'un brutal coup d'épaule. Les

Pach, effarés, virent surgir dans la pièce quatre Arabes vêtus de jeans et de blousons sombres. L'un d'eux, un type jeune, aux traits harmonieux, se détachait du groupe. Son regard de fauve avait une intensité insoutenable qui paralysa les meurtriers.

— Qu'est-ce que c'est ? balbutia le proviseur d'une voix presque inaudible.

Les Maghrébins se rapprochèrent silencieusement. Leur groupe était beau et sauvage ; il ressemblait à une formation de danseurs dans un spectacle de Broadway.

Une lame jaillit entre les doigts du plus jeune.

Il coula un regard au lit et dit :

— Ah ! c'est ici que ça s'est passé !

Ses compagnons se précipitèrent pour ceinturer la Mexicaine. Ali Ben Kalif leur jeta un ordre et l'un des trois arracha le revolver du ventre de Marie-Marie. Il agit pudiquement, sans la regarder et s'en fut poser l'arme sur la commode.

La main d'Ali qui tenait le couteau, se hissa jusqu'à la gorge de Pach. La pointe se posa sur la veine jugulaire du proviseur.

— Non ! supplia Louis. Non, par pitié.

Le mot fit réagir le souteneur d'Élise Lalètra. Il répéta :

— Pitié ?

Les deux syllabes paraissaient le déconcerter. Pach respirait bruyamment. Il souffrait d'asthme et il sentait venir la crise. Il haleta :

— Je vous en supplie...

Ali sourit.

— D'accord, tu m'en supplies.

Il donna un petit coup sec sur le manche, la lame sectionna la veine, entra plus avant, tranchant en partie le larynx.

— Ça va être long ! avertit Ben Kalif.

Le proviseur gémit et porta la main à son cou. Le

sang coulait dru, poissant ses doigts, dégoulinant sous sa manche, le long de son avant-bras. Pach voulut gagner la porte, mais l'Arabe s'interposa impitoyablement :

— Non ! Tu crèves sur place !

Il fit descendre la lame du couteau jusqu'au bas-ventre du proviseur. Il le palpait de sa main libre après avoir écarté le pyjama. Quand il sentit le sexe sous ses doigts, il appliqua le couteau sur le pubis, l'y enfonça, et se mit à sectionner la chair.

Pach émit un étrange glapissement qui s'acheva en gargouillis. Il s'adossa au mur, penché en avant, contemplant avec une terreur impuissante le sang qui s'échappait de lui.

Marie-Marie s'était remontée dans le lit et tenait son buste appuyé contre le panneau principal. Elle regardait la scène avec calme, sans exaltation.

Comme Ali se tournait vers elle, essuyant son couteau rougi avec le dessus-de-lit, elle murmura :

— Vous êtes Ben Kalif, le proxénète d'Élise ?

— Vous me connaissez ?

— Je suis la fian... l'amie de San-Antonio, le chef de la Police. Je connais tout de l'enquête. Je savais que vous faisiez des recherches de votre côté ; merci d'être arrivé à temps... Enfin, presque à temps, ajouta-t-elle tristement.

Il voulut l'interroger à propos de cette nuance, et puis il comprit et se tut.

Marie-Marie dit :

— Ce n'était pas l'homme qui tuait, mais la femme !

— Vous croyez ?

— Elle me l'a dit. D'ailleurs, quand vous êtes entrés, elle avait le doigt sur la détente, vous l'avez bien vu.

— Vous pouvez quitter ce lit ?

Marie-Marie se mit à remuer. Elle avait le vertige, mais elle parvint à mettre les pieds sur le plancher.

Comme elle décrivait une embardée, l'un des Maghrébins la soutint et la guida jusqu'au fauteuil.

Ali donna un nouvel ordre, ses compagnons allongèrent la Mexicaine sur le lit et lui firent subir le même traitement qu'avait enduré Marie-Marie : ouvrant ses jambes après avoir arraché sa culotte.

Elle couinait comme un petit mammifère piégé.

— Non ! s'écria Marie-Marie. Oh ! non, ne faites pas ça !

L'Arabe venait de saisir le revolver. Il sourit à la jeune fille.

— Ne soyez pas témoin de ce genre de chose, dit-il. Sortez !

Mais la jeune fille, au lieu d'obéir, marcha en titubant jusqu'à Ali.

— Monsieur Ben Kalif, cette femme est malade et folle !

— Ma femme n'était ni malade, ni folle, répondit l'Arabe.

Il insinua le canon dans le sexe de la Mexicaine, et tira à six reprises, jusqu'à ce que le barillet soit vide.

**\*
\*\***

Ce qui me surprend, en stoppant à la hauteur du lycée André Sarda, c'est d'en trouver la grille entrouverte. Cependant, la vaste façade rébarbative est totalement obscure. J'abandonne ma tire sur le trottoir et entre. La cour, privée de jeunesse, est triste comme un cimetière d'automne. Quelques feuilles de copie, soufflées par l'aigre bise, volettent à ras de terre, semblables à des mouettes exténuées.

Je gravis le perron. Regarde à travers les sombres vitres de la porte principale, mais ne distingue pas la moindre lueur. Les échos d'une musique opulente me parviennent, fortement cuivrés. Wagner ? Je ne suis pas un mélomane averti (non plus qu'inverti, d'ailleurs), nez en moins, il me semble reconnaître *Le Vaisseau fantôme.*

Je me laisse guider par mes haleurs, ce qui m'amène à contourner le lycée. L'intensité de la musique croît. Parvenu à l'arrière des bâtiments, j'avise une espèce de construction cubique accolée à ceux-ci. C'est moderne, sans goût ni grâce. De la lumière brille aux fenêtres et la porte d'entrée est grande ouverte. Comme je l'atteins, je perçois six fortes détonations à la chaîne. Six ! Le nombre de balles que le sadique assassin tire dans le ventre de ses victimes !

Tu verrais la ruée du Sana, mon frère ! Je dois laisser sur place un petit tourbillon en forme de toupie, comme dans les dessins animés. Un salon, un vestibule, une chambre. Et dans ladite, du trèpe ! Mon premier regard sur une Marie-Marie défaite, dans un fauteuil. Le second va à un homme couvert de sang qui meurt adossé à un mur. Ensuite je reconnais Ali Ben Kalif penché sur le lit, tenant encore la crosse d'un revolver dont le canon... Une femme morte qui elle aussi saigne abondamment ! Et trois méchants Arbis qui viennent de dégainer des surins et m'encerclent. Tu sais qu'ils vont me planter, les veaux ? Heureusement, l'ex-mac de Lalèstra Élise s'interpose.

— On ne touche pas à la police ! il dit.

Puis, à moi :

— Vous voyez, directeur : je vous avais dit que je retrouverais le meurtrier et qu'il paierait. Je peux vous affirmer que je suis arrivé à temps pour votre petite môme. C'était elle qui se trouvait sur le plumard avec le flingue dans la chatte ! Il s'en est fallu d'une ou deux secondes. Allah est grand !

Marie-Marie est dans mes bras, éperdue de chagrin. Je la berce contre moi en mordillant ses cheveux, ses oreilles, le col de sa robe.

Je lui susurre des mots tendres :

— Petite connasse ! Y a fallu que tu me joues ton numéro d'esbroufe ! Et ce sont des ratons qui te sauvent la mise ! J'ai l'air de quoi, moi ? Endoffée ! Pute borgne ! Tu te crois maligne, hein ? Superwoman ! Et t'es juste bonne à faire cuire des œufs coque avec un sablier ! Walkyrie de mon cul ! Walkyrie qui rit jaune !

Elle proteste pas ; elle chiale. Me faut dix minutes avant de lui arracher un résumé du ci-devant chapitre. Je dois lui secouer la tirelire. Elle crache le morceau pièce à pièce. En apprenant que le proviseur l'a sabrée, je me sens bourré de pulsions homicidaires. Je regarde crever ce salaud sans pitié. Il a une main sur sa gorge, une autre sur son bas-ventre ; les deux sont rouges comme jadis, sur les affiches du cher Grand-Guignol.

Ali va se laver les mains à la savonnette Ponce Pilate dans la salle de bains contiguë. Il revient en se curant les ongles avec la pointe de son ya dont il a fait la toilette également. Il est beau, tu sais. Dommage qu'il margine dans le mitan, l'apôtre ! Il aurait une carrière à faire au cinoche, voire dans la politique.

Il rentre la lame de son lingue, l'enfouille.

— Bon, quand est-ce qu'on va au bagne ? me demande-t-il. Là, y a flagrant délit, et quel !

Je défrime les quatre Maghrébins.

— La loi du talion n'est pas reconnue par les tribunaux, murmuré-je.

— On s'en doute, ricane Ben Kalif.

— Cela dit, tu as buté deux criminels qui avaient zingué ta gagneuse et ça te vaudrait de larges circonstances atténuantes.

— Sympa.

Je volubilise :

— Voyez-vous, les gars, moi je vois les choses de la façon suivante…

Je serre fort Marie-Marie contre moi. Marie-Marie

humiliée à jamais ; Marie-Marie meurtrie dans sa chair et dans son cœur. Putain ce que je l'aime, ma pauvre petite violée. Je voudrais la guérir de sa souillure, comme dirait Robbin-Grillet-des-Bois ! Un coup de bite, c'est si important, tu crois ?

— Je vois les choses de la façon suivante, répété-je. Tu essuies cette putain de crosse et tu mets l'arme dans la main du mec. Ensuite tu essuies le manche de ta rapière et tu le places dans celle de la gonzesse. Et puis tu emmènes tes potes bouffer un couscous du côté de la Bastoche. Quant à moi, nouveau grand chef de la Police, je me démerde... Je vois pas bien encore comment, mais je me démerde. C'est tiré par la tignasse comme mise en scène, mais on fera avec. Y a eu pire. Bravo pour ta perspicacité, Ali. T'es sûr que tu veux rester malfrat ? Je trouve que tu as des dons pour devenir perdreau. En tout cas merci d'avoir sauvé la vie de ma souris. Qu'Allah te garde !

# CHAPITRE QUINZE

## ET DERNIER

Notre arrivée à Saint-Cloud flanque une effervescence terrible dans le Landerneau. Ce voyou de Toinet gambade et maman a le regard humide de soulagement.

Avant de passer le seuil, je dis à la Musaraigne :

— Tu sais, môme, ce qui t'est arrivé ce soir, faut pas t'en faire un frometon, c'est un incident de parcours. Je connais d'éminents royco qui ont été sodomisés par des truands, en représailles, et qui racontent la chose à la veillée, en se marrant. Quand tu auras pris un bon bain, tu viendras me rejoindre dans ma chambre. On ne causera peut-être pas, mais on fera.

Elle m'embrasse.

Liesse !

Tu veux que je te fasse poiler ? M'man fait réchauffer sa choucroute et alors, là, oui, on s'en emplâtre une brouettée chacun. C'est toutes les nuits réveillon, chez Félicie, quand son grand est là !

Le lendemain matin, à peine réveillé, je me mets à caresser le mignon fessier de ma Merveilleuse. Elle a la peau plus douce que du velours, pour user d'une image forte ! La peau de ses cuisses, à l'intérieur, c'est le pur enchantement. Tu ne peux vraiment toucher ça qu'avec la langue : tes doigts sont trop frustes pour apprécier pleinement.

Alors bon, c'est ce que j'entreprends. Une chose en amenant une autre, en quelques instants, me voilà à brouter le gazon ! Là, elle biche, Bibiche ! Mon pote Carlos me répète toujours que la différence qui existe entre une minette et un vol en aile delta c'est la vue, n'empêche que je préfère cette vue-là à la chaîne des Alpes !

Je m'en suis expliqué dans la conférence du professeur Alain Chevallier (de la faculté gynécologique de Bouffémont) : il n'existe pas de minette sérieuse sans doigts en fourche.

Donc, doigts en fourche, agréés par le Conseil Constitutionnel. L'apothéose ! Y a qu'une bouteille d'Yquem qui puisse rivaliser.

Au bout d'un temps que je n'ose chiffrer, Marie-Marie a, sinon oublié, du moins surmonté la cruelle épreuve de la veille.

Là-dessus (si je puis dire), m'man me hèle pour le téléphone. MM. Blanc et Mathias qui m'appellent depuis Berne.

Les chéris ! J'ignore de quelle manière ils s'y sont pris (« On peut pas te raconter ça par téléphone, directeur ») mais ils se sont fait ouvrir ce que Bérurier nomme « La caserne d'Ali Baba ».

Blanc me dit :

— Je ne pensais pas qu'on puisse concentrer autant de dollars, de deustchmarks, de francs suisses et de lingots dans un espace aussi restreint. À première vue, je crois que j'avais deviné juste, Antoine, on a mis la main sur le « Carnet Écureuil » de puissants trafiquants. Tu es d'accord pour qu'on poursuive l'enquête ?

— Et comment ! Ramenez un max de détails qu'on puisse serrer les correspondants européens !

— Du nouveau pour le tueur de putes ?

— Je ne peux pas te raconter ça par téléphone, le parodié-je.

Je raccroche, tout guilleret. J'appelle m'man, Toinet, Marie-Marie. Ils accourent, encuriosés.

— Vous savez ce dont je viens de m'apercevoir ? leur lancé-je. Nous sommes vendredi. Ce soir je vous emmène en week-end à Deauville pour aller massacrer des langoustes.

— Pourquoi ce soir seulement ? objecte Toinet. Pourquoi qu'on part pas tout de suite ?

Jamais content, ce môme !

— Parce que tu as école jusqu'à quatre heures, eh, Tête de nœud !

Pour lui, c'est pas un argument valable.

Pas très correct. Je m'annonce chez elle à douze heures quarante : « Les Platanes » à Suresnes. Un vague projet de luminosité, qu'on ne peut appeler soleil, joue sur le toit de la maison. Une petite souillon portugaise vient m'ouvrir. Elle me dit « qué voui, lé doctor esté là, ma elle esté à tablé ».

Je lui montre ma jolie carte. Bon, dans son dialecte, faut un « a » à la fin, mais « Police » avec un « e », elle comprend tout de même. Et c'est pourquoi je suis introduit dans la salle à manger sans plus barguigner.

Mon cœur se crispe, si tu savais. Objets inanimés avez-vous donc une âme ? Ces radis dans un ravier racontent mieux que quiconque la tragique solitude du docteur Desanges, et plus qu'eux encore la cuisse de poulet froid qui attend son tour. Une boutanche de Volvic complète le festin. Pas de pain, tu connais les gonzesses...

— Je sais que je vous importune, murmuré-je, mais ma visite était nécessaire car je vais partir en voyage et tenais à vous voir auparavant. Continuez votre repas, de grâce.

Elle a un bref haussement d'épaules et joint ses doigts croisés sous son menton. Un repas, qu'en a-t-elle à fiche maintenant qu'elle n'a plus de raison de vivre ?

J'ouvre l'enveloppe de papier kraft que je viens de retirer de ma pelisse.

— Vous voulez bien jeter un œil à son contenu, docteur ?

Elle l'ouvre, surprise, et en tire un portrait robot, format carte postale.

Elle examine le dessin sans comprendre.

— Je parie que vous ne reconnaissez pas le sujet ? demandé-je.

— Non, en effet.

— C'est toujours comme ça, docteur. *On ne se reconnaît jamais sur une peinture ou un dessin.*

Elle tressaille.

— Comment ! Vous voulez dire que c'est moi, ça ?

— Pour moi, oui. Parce que j'ai l'œil, l'habitude aussi de déchiffrer ce genre de document. Mais je comprends qu'il soit lettre morte pour vous.

— Où l'avez-vous trouvé ?

— Je ne l'ai pas trouvé : je l'ai fait exécuter par l'un de nos meilleurs spécialistes.

— Je nage totalement, monsieur le directeur, assure-t-elle avec sincérité.

Je lui souris.

— Un premier portrait robot avait été réalisé d'après les indications des employés du garage Labielle. Il représentait un homme affublé du bric-à-brac de postiches habituels. Néanmoins tel quel, il me faisait songer à une femme. Alors j'ai prié mon technicien de l'imaginer en femme. Et voilà le résultat : c'est vous, docteur !

Elle dépose l'image à quelques centimètres de sa cuisse de poulet. Pas appétissant, ce pilon. La peau en est grisâtre et fripée, la chair blanche. La bestiole a été gavée d'hormones, c'est évident. On se nourrit de plus en plus comme des cons, mes gueux.

— Il ne restait plus qu'à procéder à l'examen graphologique du contrat de location de l'auto : c'est bien votre écriture. Quant à Georges Fromentino, dont vous avez emprunté l'identité, il est mort dans votre hôpital ; c'était vous qui le soigniez. Je pense qu'il avait oublié quelques pièces d'identité dans sa chambre. Une infirmière a dû vous les remettre, mais vous avez omis de les adresser à sa famille, si toutefois il en avait une.

— Vous êtes un très bon policier, assure doucement Mme Desanges. Je sentais que j'avais tort d'aller aux funérailles de cette canaille. Si j'étais restée à l'hôpital pendant ce temps... Notez qu'au fond, j'éprouve plutôt du soulagement. Quand on supprime les gens, fussent-ils des salauds, sans avoir vocation d'assassin, on ne peut plus vivre normalement par la suite. Je prépare une valise, ou quoi ? Dites-moi, je ne connais ces questions qu'à travers des films...

Je m'assieds en face d'elle, prends un radis et le croque. Je mange la fane avec, un toubib m'a certifié que c'était « bon pour l'organisme ».

— C'est très curieux, ce qui m'arrive, docteur, fais-je en la contemplant. Figurez-vous que l'affaire Larmiche, avec ses implications relatives au tueur de putains, et le reste, constitue ma première enquête en qualité de directeur de la Police. Je brûlais de la mener à bien en un temps record. Et puis les choses se goupillent de telle façon qu'en définitive je n'arrête personne. J'accorde ma bénédiction aux criminels. Et ce, depuis le début. On m'amène Larmiche qui fourgue de la drogue aux écoliers et trimbale une fille assassinée dans sa voiture, et je le relâche. J'arrive chez les meurtriers des prostituées au moment où un vengeur vient de les tuer assez salement, et je lui souhaite bonne chance ! Je débarque ici pour vous dire que j'ai découvert votre meurtre à vous et, au lieu de vous interpeller, comme on dit dans le jargon, j'ai envie de vous prendre dans mes bras et de vous bercer en murmurant des mots tendres. Ne devrais-je pas donner ma démission, docteur ? Peut-être que je ne suis pas un chef, peut-être que mon nouveau pouvoir me pousse à déserter ? Ou alors, il s'agit d'une mesure de grâce pour marquer mon entrée en fonction ? Comme le nouveau président de la République gracie une flopée de droits communs à son avènement ?

Elle hoche la tête. Sa voix est triste :

— Et si, simplement, au lieu de tout ça, vous faisiez passer votre conscience avant votre devoir ?

— Si je faisais cela, je ne serais plus digne d'exercer.

— Vous voyez bien, fait-elle, énigmatique.

Un long silence s'écoule. Sans y prendre garde, j'ai bouffé presque tous ses radis.

— Vous n'avez pas répondu à ma question, dit le docteur Desanges, dois-je préparer une valise ?

J'hésite un instant.

Et puis je lui réponds que oui.


**FIN**

*Achevé d'imprimer en avril 1992*
*sur les presses de l'Imprimerie Bussière*
*à Saint-Amand (Cher)*

— N° d'imp. 688. —
Dépôt légal : mai 1992.
*Imprimé en France*